Tucholsky Wagner Zola Scott Sydow Freud Schlegel
Turgenev Wallace Fonatne

Twain Walther von der Vogelweide Fouqué Friedrich II. von Preußen
Weber Freiligrath

Fechner Fichte Weiße Rose von Fallersleben Kant Ernst Frey
Richthofen Frommel

Fehrs Engels Fielding Hölderlin
Faber Flaubert Eichendorff Tacitus Dumas

Feuerbach Maximilian I. von Habsburg Fock Eliasberg Zweig Ebner Eschenbach
Ewald Eliot Vergil

Goethe Elisabeth von Österreich London
Mendelssohn Balzac Shakespeare

Trackl Lichtenberg Rathenau Dostojewski Ganghofer
Stevenson Doyle Gjellerup
Mommsen Tolstoi Hambruch
Thoma Lenz Hanrieder Droste-Hülshoff

Dach Verne von Arnim Hägele Hauff Humboldt
Reuter Rousseau Hagen
Karrillon Garschin Hauptmann Gautier

Damaschke Defoe Hebbel Baudelaire
Descartes

Wolfram von Eschenbach Hegel Kussmaul Herder
Dickens Schopenhauer Rilke George
Bronner Darwin Melville Grimm Jerome
Campe Horváth Aristoteles Bebel Proust

Bismarck Vigny Barlach Voltaire Federer Herodot
Gengenbach Heine

Storm Casanova Tersteegen Grillparzer Georgy
Chamberlain Lessing Langbein Gilm
Brentano Gryphius
Strachwitz Claudius Schiller Lafontaine
Katharina II. von Rußland Schilling Kralik Iffland Sokrates
Bellamy
Gerstäcker Raabe Gibbon Tschechow

Löns Hesse Hoffmann Gogol Wilde Gleim Vulpius
Luther Heym Hotmannsthal Klee Hölty Morgenstern
Roth Heyse Klopstock Goedicke
Luxemburg Puschkin Homer Kleist
La Roche Horaz Mörike Musil
Machiavelli Kierkegaard Kraft Kraus
Navarra Aurel Musset Lamprecht Kind Moltke
Nestroy Marie de France Kirchhoff Hugo

Nietzsche Nansen Laotse Ipsen Liebknecht
Marx Lassalle Gorki Ringelnatz
von Ossietzky May Klett Leibniz
vom Stein Lawrence Irving
Petalozzi Platon Knigge
Sachs Pückler Michelangelo Kafka
Poe Liebermann Kock
de Sade Praetorius Mistral Korolenko
Zetkin

Der Verlag tradition aus Hamburg veröffentlicht in der Reihe **TREDITION CLASSICS** Werke aus mehr als zwei Jahrtausenden. Diese waren zu einem Großteil vergriffen oder nur noch antiquarisch erhältlich.

Symbolfigur für **TREDITION CLASSICS** ist Johannes Gutenberg (1400 — 1468), der Erfinder des Buchdrucks mit Metalllettern und der Druckerpresse.

Mit der Buchreihe **TREDITION CLASSICS** verfolgt tradition das Ziel, tausende Klassiker der Weltliteratur verschiedener Sprachen wieder als gedruckte Bücher aufzulegen – und das weltweit!

Die Buchreihe dient zur Bewahrung der Literatur und Förderung der Kultur. Sie trägt so dazu bei, dass viele tausend Werke nicht in Vergessenheit geraten.

König Bob, der Elefant

Ein Tiermärchen aus dem Innern Afrikas

Theodor Volbehr

Impressum

Autor: Theodor Volbehr
Umschlagkonzept: toepferschumann, Berlin

Verlag: tredition GmbH, Hamburg
ISBN: 978-3-8424-9421-3
Printed in Germany

Text der Originalausgabe

Theodor Volbehr

König Bob, der Elefant

Ein Tiermärchen aus dem Innern Afrikas

König Bob, der Elefant

Ein Tiermärchen aus dem Innern Afrikas
von Theodor Volbehr

W. Thöhler.

Mit Zeichnungen von Paul Neuenborn

Nr. 21.22.

Zweiundzwanzigstes
der Blauen Bändchen, herausgegeben
von J. von Harten und K. Henniger

Verlegt bei Hermann & Friedrich Schafstein
in Cöln am Rhein

Vorbemerkung

Das Tiermärchen »König Bob« von Theodor Volbehr ist zuerst im
Jahre 1908 als Prachtausgabe, illustriert von Paul Neuenborn, im

Verlage von Georg Müller, München, erschienen. Durch das liebenswürdige Entgegenkommen des Verfassers und des Verlegers ist es uns ermöglicht worden, das schöne Urwaldmärchen mit in die Reihe unserer Blauen Bändchen zur Klassenlektüre für Volks- und höhere Schulen aufnehmen zu können. Möchten recht viele jugendliche Leser Freude finden an den lebensvollen Bildern, die der durch seine Forschungsreisen rühmlichst bekannte Künstler von der Tierwelt Inner-Afrikas entwirft! – Die reicher illustrierte Prachtausgabe in Quartformat (Preis 3.50 M.) bleibt neben dieser billigen Schulausgabe in dem bisherigen Verlage bestehen. Sie sei zu Geschenkzwecken bestens empfohlen.

Die Flucht aus dem Negerdorf

Bob trottete in tiefen Gedanken von seinem Arbeitsplatz nach Hause. Er hatte wieder einmal vergessen, daß der dicke Neger Bumbo auf seinem Nacken saß. Und als eine Wegbiegung kam, schlug er den Weg nach dem Urwalde ein.

Bumbo merkte es zuerst nicht; denn er war selig entschlummert und schwankte auf dem festen Nacken Bobs hin und her wie ein Betrunkener.

Aber als sich Bob langsam in eine schnellere Bewegung setzte und schließlich gar anfing, mit langen Schritten zu laufen, da wachte Bumbo auf, blickte erstaunt um sich, und als er sah, daß die Häuser des Negerdorfs hinter ihm lagen, statt vor ihm zu liegen, da reckte er sich wütend auf und stach Bob mit seinem Stacheleisen in die dicke Haut.

Bob spürte nicht viel davon; aber er fuhr doch aus seinen Träumen auf, hob ein wenig den Rüssel und, als ein zweiter Stich folgte und ein Platzregen von Schimpfworten ihm ans Ohr schlug, drehte er sich langsam um und trabte gemächlich den schmalen Pfad zurück.

An der Wegscheide blieb Bob einen Augenblick stehen, als besänne er sich, wohin er gehen solle; da fuhr wieder das Stacheleisen auf seinen Rücken nieder. Ärgerlich schüttelte er den Kopf. Als wenn er nicht selbst den Weg kennte! Aber es eilte ihm wahrhaftig nicht, nach Hause zu kommen!

In ruhigem, gemessenem Schritt bog Bob in den Dorfweg ein. Und wie sehr Bumbo auch stach und schlug und schimpfte, Bob schritt mit dem ruhigen Anstand des Weisen ins Dorf, ging an den niederen Bambushütten vorbei und stellte sich breit und sicher vor den umzäunten Hof hin, den man für ihn gebaut hatte.

Bumbo rutschte von seinem hohen Sitz herunter, machte das Tor auf und stieß Bob noch ein letztes Mal mit seinem Stachelstab in die Seite.

Bob rollte den Rüssel langsam zusammen und streckte ihn dann wieder straff aus. Keinen Laut ließ er hören, und stumm schritt er über die Schwelle. In seinem Innern aber kochte die Wut.

Was brauchte ihn dieser schwarze Affe Tag für Tag und Stunde für Stunde zu ärgern? Jetzt war es genug! Und wenn sich eine gute Gelegenheit zeigte, dann sollte der dumme Kerl schon merken, wer der Stärkere war!

Mit großen Schritten ging Bob in seinem Hofe auf und ab. Vom Urwalde herüber drangen vereinzelte Schreie. Der Himmel verlor seinen Glanz. Es wurde dämmrig unter den Bambusstäben seines Nachtlagers.

Bob blieb stehen und horchte hinaus in die Ferne. Die Stimmen des Urwaldes wurden immer lauter. Und in Bobs Herzen wuchs die Sehnsucht. Die Nacht brach an, und still und weiß stieg am Himmel der Mond empor. – Plötzlich hob ein toller Lärm an. Ein Klappern und Stampfen drang vom Dorfplatz herein, und dazwischen quiekten die Töne eines scharfen Instruments. – Bobs Ohren wölbten sich wie zwei aufgeblähte Segel. Er hob den Rüssel und öffnete das Maul, als wollte er jeden Ton in sich hineinschlürfen. Dann rannte er an die Umzäunung heran, reckte den Kopf, so hoch er konnte, und lugte ins Freie.

Wahrhaftig! da fing es wieder an, das Freudenfest des Negerdorfes!

Wie die schwarzen Leiber über den weißen Platz flogen und die blassen Mondschatten um sie herumhuschten! Und die Weiber mitten im Getümmel! Wie wunderlich die sangen und mit den Beinen stapften, daß die Fußringe klapperten! – Einmal hatte Bob solchem Feste schon zugesehen; aber damals war er zu dumm gewesen, die gute Stunde zu nutzen. Damals hatten sie gerade so da draußen getanzt und gelärmt, und dann hatten sie den heißen Palmwein getrunken, bis keiner mehr so recht auf den Beinen stehen konnte. Und dann war Bumbo zu ihm hereingetorkelt und hatte mühsam das Tor verschlossen und war dann in der Ecke des Hofes auf die Streu gefallen.

Diesmal wollte Bob nicht warten, bis das Tor wieder verriegelt war. Nein, diesmal wollte er klüger sein! – Bob trat von der Umzäunung zurück und stellte sich vor das schwere Tor. Leise wiegte er seinen schweren Leib hin und her. Er hatte seine kleinen Augen geschlossen und tat, als wenn er schliefe; aber er hörte jeden Ton, der von draußen zu ihm drang. – Und je lauter die Weiber sangen und mit ihren Beinringen klapperten, und je stärker der Boden unter dem Aufstampfen der tanzenden Krieger zitterte, desto erregter schlug Bobs Herz. Denn er wußte, jetzt konnte es nicht mehr lange dauern, dann kam das große Trinkgelage, und dann kam der Augenblick, der ihm die Freiheit bringen konnte!

Jetzt brachen Musik und Tanz mit einem wilden Kriegsgeschrei ab. Bob schritt an die Bambushecke heran und lugte hinüber. Der Mond schien nicht mehr. Aber Bob sah bei dem Schein eines mächtigen Feuers die Neger im Kreise niederhocken. Und der Duft von heißem Palmwein drang zu ihm. – Schnell ging Bob auf seinen Warteposten zurück. Durch die Nacht klang das Zusammenstoßen der Trinkgefäße und das Schreien heiserer Stimmen. Und darein mischten sich die geheimnisvollen Rufe des Urwalds.

Bob stand unbeweglich und lauschte. Bisweilen fielen ihm die Ohren lasch herunter, und eine große Müdigkeit kam über ihn; aber dann hob er wieder die schweren Ohrendeckel und strich sich mit dem Rüssel über die Vorderbeine, um sich wach zu halten. – Da schreckte er auf. Er hatte ein Herumtasten an der Pforte gehört. Er öffnete die Augen weit.

Der Mond stand wieder am Himmel. In der Ferne verhallten gröhlende Stimmen. Nun bewegte sich das Tor, – und Bobs Wärter stand zwischen den Pfosten und sah mit blöden Augen zu Bob auf.

Aber schon sauste Bobs Rüssel durch die Luft und schlug klatschend gegen den nackten Rücken Bumbos und warf ihn der Länge nach auf einen Grashaufen in der Ecke des Hofes.

Und dann sahen die letzten heimwärtsschwankenden Neger einen riesigen dunklen Koloß durch die Dorfstraße traben. Sie dachten, es wäre der böse Geist, und griffen nach den Zaubermuscheln an ihren Halsketten.

Bob aber trabte durch die Maisfelder und dann weiter durch das ganze breite Grasland. Und er lief, als gälte es sein Leben.

Zuerst auf breitgetretenen Negerpfaden. Dann wandte er sich plötzlich vom Wege ab und brach querwaldein durch das dichte Unterholz. Die dicken Stricke der Schlingpflanzen zerrissen vor der Wucht seines Laufes wie mürbe Zwirnsfäden. Die Äste der Bäume krachten und splitterten und ritzten ihm die dicke Haut. Er achtete dessen nicht und stürzte vorwärts in wildem Jagen. – So ging es meilenweit durch den nachtdunklen Wald. Bob hörte nur das Geräusch des eigenen Laufes und hin und wieder den scharfen Schrei eines Raubtieres. Und es wurde ihm wohler und wohler ums Herz. Endlich kam er an eine Waldlichtung.

Der Mond stand licht und groß über dem weiten Feld und spiegelte sich blinkend in den fließenden Wellen eines Flusses. Am Rande des Wassers erhob sich kegelförmig ein hoher Ameisenhaufen. Und auf ihm stand der scheueste aller Vögel, der Schuhschnabel.

Bob war stehengeblieben und sah auf den einsamen Vogel. Der blinzelte nur ein wenig mit den Augen; dann zog er den Hals tiefer zwischen die Schultern, versteckte das eine Bein im Federwerk und balancierte weiter auf dem langen Stelzbein. Er schlief.

Als Bob das sah, atmete er tief auf. Jetzt war er geborgen, wo der Schuhschnabel stand und schlief, da gab es sicher weit und breit keinen Neger.

Schwerfällig ließ Bob sich zur Erde nieder, streckte den Rüssel vor sich hin, schielte nach einmal zu dem schlafenden Vogel auf dem Ameisenberg hinüber und schloß befriedigt die Augen.

Guter Rat

Bob schlief tief in den Tag hinein. Bisweilen zuckte er im Traum zusammen, aber immer wieder glätteten sich die Wogen der inneren Erregung. Er schlief, wie er noch nicht geschlafen hatte, seit er den Negern in die Hände gefallen war. Da sprang über ihm in den Baumkronen ein Halbaffe in einem gewaltigen Satz von einem Ast zu einem andern. Der Stoß brach den dürren Ast und ließ ihn mit seiner scharfen Bruchspitze auf den träumenden Bob herunterfallen. Bob fuhr aus seinen Träumen auf, erhob sich, krümmte zornig den Rüssel und stieß ein gewaltiges Geheul aus.

Aber als er keinen Bumbo neben sich sah und auch keine Menschenlast auf seinem Rücken fühlte, da ließ er den Rüssel sinken, nickte befriedigt und schaute sich nach dem Schuhschnabel um, der in der Nacht auf dem Ameisenberg gestanden hatte. Der aber war verschwunden. Der Ameisenhaufen lag einsam und verlassen. Oder nein, – da bewegte sich ja etwas hinter dem Haufen, und jetzt schwankte sogar der ganze Kegel, und die Spitze stürzte in sich zusammen. Was war denn das?

Bob ging vorsichtig näher. Da hob ein Erdferkel den spitzen Kopf aus dem Hügel heraus; und als Bob immer näher herankam, sah er deutlich die lange klebrige Zunge des Ameisenfressers, und es war ihm, als hörte er undeutliche Worte.

Bob blieb stehen und fragte freundlich: »Was sagst du?«

Das Erdferkel zog die Zunge ein und sagte: »Ach, ich wollte nur bitten, daß du mir meinen Ameisenhaufen nicht entzweitrittst.«

»Wenn's weiter nichts ist, mit Vergnügen!« sagte Bob und ging um den Hügel herum. Das Erdschwein grunzte zufrieden und steckte wieder die lange Zunge in die tiefen Gänge des zerstörten Ameisenhaufens und zog das krabbelnde Getier wieder und wieder mit vielem Behagen in sich hinein.

Endlich schien sein Hunger gestillt. Es setzte sich auf die Hinterbeine, kratzte sich mit den Schauflern seiner Vorderpfoten ein paar Ameisen vom borstigen Fell und sah mit seinen blanken Augen zu Bob empor. Bob schwenkte seinen Rüssel leise hin und her und freute sich des lang entbehrten Anblicks. Eigentlich hatte er die Erdferkel nie leiden können; aber jetzt hätte er am liebsten das Tier mit seinem Rüssel gestreichelt. Er nickte ihm freundlich zu und sagte: »Na, hat's geschmeckt?«

Das Erdferkel antwortete: »Hm, geschmeckt? Eigentlich nicht so recht. Denn wie ich im besten Zuge war, hub dein Gebrüll an. Und das hat mich nicht schlecht erschreckt. Weißt du, so auf nüchternen Magen! Das verschlägt einem ja den Appetit!«

Bob sagte: »O, das tut mir leid! Aber ich träumte so häßlich. Ich träumte, der Bumbo stieße mich mit dem Stacheleisen.«

»Der Bumbo? wer ist der Bumbo? Und Stacheleisen? was ist das?« – Das Erdferkel hob die langen, spitzen Ohren und streckte den schmalen Kopf neugierig hinauf.

»Ja so,« sagte Bob, »das weißt du natürlich nicht. Du Glücklicher! Der Bumbo, das ist der Neger, der mich zur Arbeit zwang und der mich mit dem Stacheleisen stieß, wenn ich nicht tat, was er wollte. Und ein Stacheleisen, das sieht so aus.« Bob trat auf einen dürren Ast, brach mit dem Rüssel die kleinen Zweige rechts und links ab und stieß mit dem spitzen Stab gegen des Erdferkels Schulterblatt.

»Au! Au! Na, ich danke!« sagte das Tier und sprang auf. Als Bob aber den Ast fortwarf, setzte es sich wieder zu Bob und sagte: »Und weiter?« – »weiter? Ist das nicht genug? Ich bin dem Neger heute nacht entlaufen. Und vorhin, da habe ich geträumt, daß der Bumbo wieder auf mir sitze und mich stieße. Mußte ich da nicht zornig aufschreien?«

»Freilich, das mußtest du. Aber, was willst du jetzt tun?«

»Jetzt will ich mich meiner Freiheit freuen! Hier ist's doch sicher, nicht wahr?« – »O ja, einigermaßen schon! Und im schlimmsten Falle versteckt man sich eben.« – »Verstecken? wie soll ich mich verstecken?«

»Nun, das ist doch sehr einfach! Das machst du so!« Und das Erdferkel schlug mit seinen Schauflerklauen so wuchtig in das Erdreich, daß die zurückgeworfene Erde im Handumdrehen die Vorderbeine Bobs mit einem Wall umgab. Ehe Bob noch recht zur Besinnung gekommen war, war das Tier in den Tiefen des Ameisenhügels verschwunden. Da bückte sich Bob, stocherte vorsichtig mit seinen Eckzähnen in dem Erdhaufen herum, und – als er die feste Haut des Erdferkels fühlte, klopfte er leise dagegen.

Da kam die schmale Schnauze mit großer Geschwindigkeit wieder hervor, und das Erdferkel sagte ärgerlich: »Warum tust du mir weh, wenn ich dir guten Rat erteile?«

»Guten Rat nennst du das? Mein Bester, sieh dir mal meine Füße an! Ich habe leider keine Schaufeln wie du zum Graben. Und dann sieh dir mal meine Größe an! Die geht in keinen Ameisenhaufen. Nein, mein Freund, in die Erde kriechen kann ich nicht«

»Ja, dann weiß ich nicht! Denn wo in der Welt ist man sonst sicher als in der Erde?«

Bob sah sehr nachdenklich drein. Das Glücksgefühl, das ihn eben noch ob seiner Freiheit erfüllt hatte, war wie weggeblasen, und es war ihm, als höre er schon wieder das Schreien und Lärmen der verfolgenden Neger.

Dann hub er wieder an: »Sag mal, glaubst du wirklich, daß ich hier nicht ganz sicher bin?«

»Ja, ich weiß nicht recht, wenn du die Neger fürchtest – – Ich hab' hier in der Gegend schon manchen Schwarzen gesehen.«

Bob fuhr zusammen. »Wahrhaftig? Ja, dann – -«

Und er wandte sich, um wieder in den Wald zu traben. Aber er blieb stehen, wohin in aller Welt sollte er sich wenden?, wo gab es Sicherheit gegen die Verfolgung? Und vielleicht, wenn er wieder so aufs Geratewohl in den Urwald hineinlief, kam er bei dem Negerdorf wieder heraus, aus dem er entflohen.

Ratlos blickte er umher. Da sagte das Erdferkel: »Du, frag doch den Alten da! Der ist gescheiter als wir alle zusammen.«

»Wer denn?« Bob sah in die Runde. Da bemerkte er im seichten Wasser am Ufer den Vogel, der sein Herz schon in der Nacht so tief beruhigt hatte, den Schuhschnabel.

»Meinst du den dort?«

»Freilich, den mein' ich. Geh nur mal hin zu ihm. Klug ist er, und er kennt mehr vom Urwald als wir andern.«

Bob schritt mit würdevollen Schritten auf den Schuhschnabel zu. Der reckte sich bei Bobs Näherkommen ein wenig auf und schob das zweite, heraufgezogene Bein vorsichtig ins Wasser.

In gemessener Entfernung blieb Bob stehen, neigte sich tief und sagte: »Ich komme mit einer Bitte.«

Mit leisem Klappern öffnete der Vogel den breiten Schnabel und sagte: »Sprich!«

Noch einmal verneigte sich Bob, und zögernd, denn er schämte sich etwas, als Bittender vor einem Vogel zu stehen, sagte er: »O, weiser Vogel! Ich bin den Negern entlaufen und dürste nach Freiheit. Wo aber werde ich sicher sein vor meinen schwarzen Peinigern?«

Der Schuhschnabel legte seinen Schnabel schwer auf den vorgedrückten Kropf und sah mit seinen scharfen, gelben Augen Bob lange prüfend an. Endlich sagte er: »Es gibt eine Insel mitten im Strom, zu der ist noch nie ein Neger gedrungen. Da wirst du in Sicherheit sein.«

»Und wie finde ich den Weg zu dieser Insel?«

»Du folgst diesem Fluß bis dahin, wo er sich in einen breiteren Strom ergießt; dann mußt du dem großen Strom folgen bis zu einem Wasserfall. Und wenn du den Wasserfall hinter dir hast, dann mußt du noch einen ganzen Tag weiterlaufen, bis du einen gewaltigen Felsen im Wasser siehst. Da spaltet sich der Strom in zwei Arme und umfließt eine große, reiche Insel. Die ist so groß, daß du sie an einem Tage nicht durchqueren kannst. Zu der Insel schwimme hinüber. Da bist du sicher.«

Bob verneigte sich tief und dankte aus vollem Herzen. Er wollte sich wenden und sofort am Strom entlang seiner neuen Heimat zulaufen, da klapperte der Schnabel noch einmal, und der Vogel sagte: »Bob, wenn du weise bist, wirst du auf jener Insel dein Glück machen!«

Bob blieb stehen und fragte: »Wie meinst du das, weiser Vogel?«

»Das kann ich dir heute nicht sagen, Bob; aber ich werde dich einst aufsuchen und mich überzeugen, ob du weise gewesen bist. Leb' wohl!«

In tiefen Gedanken schritt Bob zum Erdferkel zurück, bedankte sich bei ihm für den guten Rat und erzählte, was der Schuhschnabel ihm gesagt hatte.

»Siehst du wohl!« sagte das Erdferkel. »Ich wußte ja, daß er alles weiß. Na, dann reise glücklich! Wir werden uns wohl kaum wiedersehen. Denn übers Wasser kann ich nicht, und – weißt du – ich geh nicht gern tief in den Urwald, hier sind wir ja noch ziemlich am Rande der Steppe.«

»Was?« sagte Bob, »am Rande der Steppe?! Um Gottes willen! Dann können die Neger ja in der nächsten Nähe sein! – Leb wohl, mein Junge! Ich habe wirklich keine Zeit mehr. Aber schönsten Dank! Und wenn ich dir mal dienen kann – –«

Damit trabte Bob am Ufer des Flusses entlang, hinein in den dichten Urwald.

Das Inselreich

Und wieder brach unter Bobs Tritten das Unterholz. Die Äste der Bäume krachten und splitterten, und die Ketten der Schlinggewächse zerrissen. Neben ihm aber rauschte der Fluß, hüpfte über Steine und riesige Baumwurzeln und staute sich bisweilen zum Strudel, wenn ein mächtiger Waldbaum in ihn hineingestürzt war.

Aber heute war es nicht das wilde, atemlose Jagen wie in der letzten Nacht. Bob hatte das Gefühl, als sei er eigentlich schon geborgen, da er jetzt dem sichern Zufluchtsorte entgegenlief. Und sein Traben war ruhig, fast gemächlich. Bisweilen blieb er auch stehen, streifte mit dem Rüssel junge Blätter von den Zweigen und schob sie sich ins Maul. Oder er trat an den Fluß heran, wenn das Ufer flach war, und trank von dem köstlichen Naß. Ach, das schmeckte besser als das Wasser aus Bumbos Pfütze!

Wie schön überhaupt die Welt war! Bob hatte Augen für alles und konnte sich nicht satt sehen an all dem Leben der Wildnis. Er freute sich über die Graupapageien in den Baumwipfeln und über die langschwänzigen Meerkatzen, die von Ast zu Ast jagten und lustig miteinander spielten. Und er ärgerte sich nicht einmal über all die Fliegen, die ihn umschwirrten und sich auf die zerschundene Haut setzten. Er schlug nicht einmal mit seiner Schwanzquaste nach ihnen. Denn auch sie schienen ihm wie ein lieber Gruß der Freiheit.

Als es Abend wurde, kreuzte Bob einen Elefantenpfad, der zu einer Tränke am Flußbett führte. Voller Genuß folgte er den vertrauten Spuren hinab ans Wasser. Dann warf er sich hinein in die Flut, daß das Wasser hoch hinaufspritzte, und dehnte und reckte sich. Wie das wohltat! In langen Zügen sog der Rüssel das kühle Wasser auf. Und als der Durst gelöscht war, ließ Bob das Wasser in dickem Strahl auf den Rücken herunterplatschen.

Er konnte sich gar nicht trennen von dem köstlichen Bad. Und er horchte bisweilen hinauf in den Wald, ob er das Trampeln der Elefantenherde nicht höre, die zur Tränke wolle.

Aber schließlich stieg er doch aus dem Wasser heraus und suchte sich einen Schlafplatz am Rande des Pfades. Und ehe er noch recht lag, war er eingeschlafen. War das ein Schlaf! Kein Traum beunruhigte seine Seele. Er hörte nicht einmal die Elefantenherde, die an ihm vorbeitrabte, als er sich kaum niedergelegt hatte; und er hörte nicht den Schrei einer Meerkatze über seinem Haupte, als um Mitternacht die Tatze eines Leoparden nach ihr griff.

Als Bob aufwachte, sah er sich erstaunt nach allen Seiten um und wunderte sich, daß er nicht in seinem Bambusstall lag. Dann aber schmetterte er einen jubelnden Trompetenstoß durch den Urwaldsmorgen und erhob sich. Er reckte und streckte sich und freute sich, wie aus der Ferne die Antwort anderer Elefanten zu ihm herüberklang.

Sehr erstaunt war er, als er an der Tränke die unverkennbaren Spuren fand, daß in der Nacht eine große Herde seiner Volksgenossen am Wasser gewesen war; und einen Augenblick packte ihn die Lust, dem Elefantenpfad zu folgen und die Herde zu suchen. Aber da fiel ihm ein, daß er damals von Bumbo und dessen Gefährten aus einer großen Herde heraus gefangen worden war. Das war also kein Schutz, wie er ihn jetzt brauchte, um wieder zum Genusse seines Daseins zu kommen. So nahm er seinen Lauf wieder auf, am Flusse entlang und dann weiter an dem großmächtigen Strom entlang. Und er lief drei lange Tage unermüdlich. Wie der Schuhschnabel es gesagt hatte, so geschah es. Die Stromschnellen kamen und dann der große Felsen mitten im Flußbett und die Spaltung des Stromes. Es war Bob ganz feierlich zu Mut, als er gegenüber der Insel stand, die ihn aufnehmen sollte. Riesige Bäume grüßten zu ihm herüber. Und von ihnen herab hingen endlose Kletterpalmen bis zu den Wellen des Stromes. Ein dichtes Gewirr von Schlingpflanzen spann sich von Baum zu Baum und hing wie ein undurchdringliches Netz vor dem geheimnisvollen Innern der Insel.

Bob stand und schaute. So war er also am Ziel! Da drüben lag das gelobte Land der Wildnis, das Reich des Friedens, vor den Negern war er nun sicher. Ob auch vor allem sonstigen Leid des Daseins? – O, dem wollte er sich schon entgegenstemmen aus eigener Kraft! Was scherten ihn alle Schrecken des Urwalds, wenn er die Tücken der schwarzen Teufel nicht mehr zu fürchten brauchte!

Bob ließ sich am steilen Ufer des Stromes nieder, schob vorsichtig ein Vorderbein nach dem andern den Abhang hinunter, bis er festen Fuß fassen konnte, dann zog er die Hinterbeine nach. So rutschte er langsam bis zum Wasser hinab. Einen Augenblick schlug das Wasser über ihm zusammen, dann tauchte Bob wieder aus den quirlenden Fluten empor und durchquerte mit hochgehobenem Rüssel schnell und sicher den Strom. – Als Bob das jenseitige Ufer erklettert hatte, zwängte er sich vorsichtig durch das Gewirr der Schlingpflanzen hindurch. Und langsam und behutsam schritt er weiter, als täte es ihm um jeden Halm leid, den er zu Boden treten könnte.

Mit seinem Rüssel tastete er links und rechts an den Bäumen hinauf, als wollte er die Äste freundlich begrüßen, und mit dem schweren Körper streifte er zärtlich die dicken Stämme. Es war wie ein leises Besitzergreifen. – Lange ging er in stillen Träumen durch den dichten Wald. Dann wurde es licht und immer lichter. Durch eine tiefe, sonnige Talmulde floß ein stilles Wasser, umstanden von hohem Schilfgras. Schlanke Bäume rahmten die Lichtung ein, und von Baum zu Baum schlangen sich bunte Schlingpflanzen und schaukelten knarrend hin und her. Denn auf ihnen turnte ein ganzes Volk von Meerkatzen. Das kicherte und schwatzte und tollte durcheinander, als sei hier der Kinderspielplatz des Waldes.

Bob blieb im Schatten der Bäume stehen und sah dem lustigen Durcheinander zu.

Da drang ein schriller Vogelschrei an sein Ohr. Und gleich darauf flatterte ein Hornvogel über ihm und schrie jämmerlich um Hilfe. Die Meerkatzen waren wie weggeblasen. Bob aber hob das Haupt und fragte, was denn los sei.

Der Hornvogel schrie nur: »Sieh dort! Sieh dort!« und flog gegen einen hohlen Baum. Bob sah, daß aus dem Baum der lange, gefleckte Schwanz einer Zibetkatze heraushing, Schnell trat er an den Baum heran und packte mit seinem Rüssel den buschigen Schwanz. Ein Ruck, und die Zibetkatze flog aus dem Baum heraus, einen Bündel von Federn im spitzen Maul. Da schrie der Hornvogel noch einmal gellend auf. Bob aber schwang zornig den Rüssel und ließ den Kopf der Zibetkatze so hart gegen den Baumstamm schlagen, daß der böse Räuber nur noch einmal aufzuckte, als Bob ihn zur Erde fallen ließ.

Der Hornvogel war inzwischen in das Nest des hohlen Baumstammes hineingeflogen. Die Lehmwand des tiefen Loches war eingerissen von den scharfen Krallen der Zibetkatze, und Bob fürchtete das Schlimmste. Da drang ein Freudenschrei aus der Tiefe, und dann drängte sich der Hornvogel wieder ans Licht. Jubelnd rief er: »Sie lebt, sie lebt!« Und mit klappernden Flügelschlägen umflog er Bob und rief einmal über das andere: »Dank dir, daß du mir mein Weib gerettet hast!«

Bob sagte, daß er ja nur getan, was selbstverständlich gewesen sei. Aber es freute ihn doch tief im Herzen, daß er sein Leben auf der Insel mit einer guten Tat begonnen hatte. Und er dachte an den weisen Schuhschnabel. Ob der wohl zufrieden sein würde? War's auch nicht weise, was er getan, so war's doch jedenfalls nicht töricht. Und er hatte es gern getan.

Er hörte kaum auf die Worte des guten Hornvogels und schritt langsam hinaus auf die Waldwiese. Als aber der Hornvogel ihm nachrief, er werde ihm ewig dankbar sein und werde es auch beweisen, da drehte er sich noch einmal um und sagte: »Guter Kerl! Das ist wirklich nicht nötig. Aber damit ich dich unter deinen Freunden und verwandten herausfinde, wenn wir uns einmal wiedersehen, sag mir, wie du heißt.«

»Ich heiße Knieptang,« sagte der Vogel, »und bin der Häuptling der Hornvögel dieser Insel. Und wie heißt du?«

»Ich heiße Bob und bin ein Fremdling auf dieser Insel.«

»Daß du ein Fremdling bist, das weiß ich wohl. Denn auf dieser Insel gibt es keine Elefanten. Aber über dem Strom drüben habe ich oft deinesgleichen gesehen. Niemals jedoch hörte ich, daß die Elefanten so edel seien, wie du es gewesen.«

Bob antwortete nicht. Die Nachricht, daß er auf der Insel der einzige Elefant sei, berührte ihn ganz eigen. Zuerst erschrak er fast, und es kam ihm vor, als sei er ausgestoßen aus seinem Volke. Dann aber war es ihm, als wüchse er innerlich. – Langsam schritt er ins Freie. Knieptang aber flog in das Lehmnest zurück und tröstete sein armes, gerupftes Weib und sprach mit einer wahren Begeisterung von dem großmütigen Bob. »Weißt du,« sagte er schließlich, »ich glaub', daß jetzt eine neue Zeit für uns anbrechen wird, und die wird besser sein als die alte.«

Auf der Lichtung war wieder ein Leben, als sei ewiger Friede. Die langschwänzigen Affen hingen von den Ästen herab und balgten sich lustig herum, und quer durch das Schilfgras trabte behaglich grunzend ein Trupp Pinselschweine.

Es begann dunkel zu werden, aber der Himmel war noch glasklar. Aus dem Urwald klangen die langgezogenen Töne eines Singvogels und dazwischen die kurzen Schreie der Papageien. Der Mond stieg über den dunklen Bäumen herauf und warf silberne Schleier über die leuchtenden Blumen der Schlinggewächse und über die grauen Stämme des Waldes.

Und dann wurde es ganz still. Die Affen suchten ihr Lager auf, und die Pinselschweine verschwanden im Dickicht.

Bob stand allein auf der Lichtung. Lange träumte er vor sich hin, dann reckte er seine Glieder und schritt zum Flusse. Er beschloß noch zu baden und dann auch zur Ruhe zu gehen.

Er ging durch das knackende Schilfgras und stellte sich in den fließenden Strom hinein. Einmal nach dem andern sog er den Rüssel voll Wasser und spritzte den scharfen Strahl auf den Rücken herab. – Plötzlich hörte er ein Krachen in den Bäumen und ein angstvolles Hilfeschreien. Und dann sah er eine Meerkatze in gewaltigen Sprüngen ins Freie brechen und am Fluß entlang jagen. Und in mächtigen Sätzen folgte ihr ein Leopard.

Bob hatte gerade den Rüssel voll Wasser geschlürft und stand unbeweglich. Da flog der gehetzte Affe vorbei, schnell wie ein Gedanke fuhr ein scharfer Wasserstrahl aus Bobs Rüssel und traf den Leoparden gegen den gierig vorgestreckten Kopf.

Fauchend und prustend blieb das Tier stehen und schlug wütend mit den Vorderpfoten gegen die triefende Schnauze. Dann wandte es sich zur Seite und sah mit glühenden Augen Bob an. Es fletschte die Zähne und kauerte sich zum Sprunge nieder.

Bob aber hatte den Rüssel wieder gefüllt und schleuderte dem Leoparden zum zweitenmal den Wasserstrahl ins Gesicht. Diesmal traf er gegen die bleckenden Zähne und hinein in die blitzenden Augen. Der Leopard warf sich zurück, als habe er einen fürchterlichen Schlag bekommen, und schnappte nach Luft. Dann drehte er sich um, klemmte den Schwanz zwischen die Beine und jagte in den Wald hinein. Bob sandte ihm aufs Geratewohl noch einige Wassergüsse nach, stieg befriedigt aus dem Wasser heraus und schlenderte dem Waldrande zu.

Dort aber, wo der Fluß in den Wald trat, hing im hellen Mondschein die Meerkatze an einem langen Ast und blickte Bob nach. Das Herz pochte ihr gewaltig vor Dankbarkeit und Bewunderung und vor einer ungewissen Furcht. Denn niemals hatte sie ein Tier von so unheimlicher Größe gesehen und von so merkwürdigen Gliedern.

Als Bob sich nahe der Lichtung niedergelegt hatte und eben im Begriffe war einzuschlafen, fühlte er ein leises Streicheln auf seinem Rücken, und als er zur Seite blickte, sah er im Lichte eines Mondstrahls die Meerkatze und hörte ihre feine, dünne Stimme einen überschwänglichen Dank stammeln.

Bob war müde und nicht gerade zu einer Unterhaltung aufgelegt; daher knurrte er nur: »Schon gut!« legte den Rüssel wieder zurecht und schlief ein.

Die Meerkatze aber suchte sich zu seinen Häupten einen Platz in den Zweigen und lugte unausgesetzt auf den gewaltigen Körper des Schlafenden hinab, bis auch ihr die Augen zufielen.

Die Verschwörung

Lange, ehe der Tag graute, war die Meerkatze schon wieder wach. Große Gedanken bewegten ihr Herz. Immer und immer wieder blickte sie hinab auf den Riesen zu ihren Füßen, der ruhig und fest wie ein Felsen dalag und der doch so gut und hilfreich gegen den armen Verfolgten gewesen war. Als es lichter Tag wurde, kletterte die Meerkatze von ihrem hohen Sitz herab, ging von allen Seiten um Bob herum und betrachtete aufmerksam das gewaltige Tier. Endlich setzte sie sich dem Rüssel gegenüber auf den Boden und sah unverwandt auf die gewaltige Stirn und die geschlossenen Augen. Ein klein wenig fürchtete sie sich doch vor dem Augenblick, wenn sich diese Augen öffnen und die Stirn sich emporheben würde. Und wenn dann gar der ganze Koloß sich vom Boden aufrichten würde!

Aber das half nun nichts. Mochte das kleine Herz zittern, soviel es wollte, jetzt galt es den Augenblick zu ergreifen. »Du warst doch noch niemals ein Feigling, Rackertüg!« sagte die Meerkatze zu sich selbst. Aber dann dachte sie an den letzten Abend und fügte leise hinzu: »wenn man dir nicht gerade ans Leben wollte.«

Da öffneten sich Bobs Augen. Und es hob sich der gewaltige Schädel. Rackertüg prallte doch ein wenig zurück und griff nach einem herabhängenden Zweige. Schnell aber faßte er sich. Und als er Bobs Augen ganz ruhig und gleichmütig auf sich gerichtet sah, erhob er sein feines Stimmchen und begann eine lange Anrede. Er hatte sich jedes Wort gründlich überlegt; aber vor dem schweigenden Blick Bobs kam er allmählich ins Stottern, und schließlich wußte er überhaupt nicht weiter. Bob schüttelte bedächtig das Haupt und sagte: »Ich hab' eigentlich nur verstanden, daß du Rackertüg heißt und daß du glaubst, ich hätte dir das Leben gerettet. Aber was du sonst sagtest, von Königtum und anderen großen Worten, das mußt du mir schon noch einmal erzählen.«

»Großmächtigster Herr -« hub Rackertüg wieder an.

»Aber sei doch gescheit,« unterbrach ihn Bob, »ich bin dein Herr nicht, und überhaupt – nenn' mich doch einfach Bob!«

»Wenn du's befiehlst, will ich gern gehorchen. Aber mein Herr bist du doch, Bob, und wirst du immer bleiben. Ich und mein ganzer Stamm werden dir Treue halten. Und nicht nur die Meerkatzen werden tun, was du willst, sondern bald werden sie alle kommen, die Pinselschweine und die Flußpferde und alle, die in den Bäumen wohnen, und sie werden dich zu ihrem König ausrufen.«

»Na, da haben wir's also glücklich wieder! Was willst du mit dem ›König‹?« – »O Bob, wisse nur: morgen ist unserer Insel Königstag.«

»Königstag? Was ist das?«

»Kennst du das nicht, Bob? Ja, habt ihr denn in den Landen, woher du zu uns gekommen bist, keinen König gehabt? Keinen, der über alle Tiere des Waldes und der Flüsse gesetzt war als Herrscher?

Bob schüttelte das Haupt. Dann sagte er: »Jede Herde hatte wohl ein Oberhaupt; aber einen König über all die vielen verschiedenen Herden und Tiervölker gab es nicht.«

Verwundert sah Rackertüg den Fremdling an. »Wie merkwürdig! Auf unserer Insel hat es immer Könige gegeben. Aber« – er dämpfte seine Stimme und sah sich nach allen Seiten um, als fürchte er einen Lauscher – »es waren nicht immer gute Könige. Und der letzte ist der schlimmste von allen gewesen, ein blutdürstiger Tiger, der letzte seines Geschlechtes. Der ist jetzt gestorben, und morgen soll die Wahl eines neuen Königs stattfinden.«

Bob wurde aufmerksam und erhob sich langsam auf die Vorderfüße.

»Und nun sind zwei große Parteien. Die Raubtiere wollen Scharpetän, den Häuptling der Leoparden, zum König wählen. Wir andern aber sind nur darin einig, daß wir Scharpetän nicht wollen; sonst aber gehen die Stimmen ganz auseinander.«

Rackertüg schwieg einen Augenblick. Dann fuhr er fort: »Und nun bist du gekommen. Und seit heute nacht weiß ich, daß du und kein anderer unser König werden mußt!«

Bob richtete sich völlig auf und reckte seine gewaltigen Glieder, staunend blickte Rackertüg zu ihm hinauf. »Sag ja, Bob, du mußt uns erlösen von dem entsetzlichen Volk, das uns nach dem Leben trachtet; und du kannst es! Sag ja, Bob!«

Endlich antwortete Bob: »Laß mir Zeit, Rackertüg. Ich kenne noch nicht einmal das Land, in das ich verschlagen bin; ich weiß nicht, welche Tiere darin leben. Und ich weiß nicht, welche Pflichten meiner harren würden, wenn ich bereit wäre, euer König zu werden. Du mußt mir Zeit lassen, zu überlegen und Land und Leute kennen zu lernen.«

»Die will ich dir lassen, Bob; denn morgen erst ist der Königstag, und heute kannst du dein Reich kennen lernen und die Großen in deinem Reich.«

»Heute noch? Ich denke die Insel ist groß, und tausendfältig sind die Schlupfwinkel der Tiere, die auf ihr leben.«

»Gewiß, Bob, aber heute ist die Vorbesprechung für den Königstag. Und alle, die sich von Pflanzen nähren, werden sich heute mittag auf dieser Lichtung versammeln. Die Raubvölker aber tagen an einem andern Punkt. Und alle, alle magst du kennen lernen.« – »Und das Land?« – »Wenn du erlaubst, Bob, werde ich dich führen. Nicht weit von hier ist ein hoher Hügel, von dem aus kann dein Auge die Insel wohl überschauen, wenn dein Auge scharf und weitsichtig ist. In wenig Stunden können wir auf dem Hügel sein.« –

»Und sorgst du dafür, Rackertüg, daß wir wieder hier sind, wenn die Beratungen beginnen?«

»Ich sorge dafür, Bob, und ich werde Knieptang, den Hornvogel, bitten, uns von allem zu berichten, was hier geschieht.«

»Knieptang? Warte mal, der Name kommt mir so bekannt vor! Ach so, das war ja der Vogel, den ich gestern abend kennen lernte.«

»Was, du kennst Knieptang? O, das ist vortrefflich! Denn Knieptang ist nicht nur der Führer der Hornvögel, sondern eigentlich der Häuptling aller fliegenden Tiere dieser Insel.«

Bob mußte an den weisen Schuhschnabel denken. War er nicht schon im besten Zuge, sein Glück zu machen? Wie wunderlich doch, daß er gleich beim Betreten des neuen Heimatbodens zwei Tieren von so gewichtiger Bedeutung einen kleinen Liebesdienst erweisen konnte! Knieptang war ihm ja auf Tod und Leben verbunden. Er hatte ja schon gestern gesagt, daß er seine Dankbarkeit beweisen wolle. Und nun der brave, kleine Rackertüg! Wahrlich, die Sache mit dem Königtum schien so aussichtslos gar nicht zu sein, wenn Rackertüg und Knieptang wirklich etwas auf ihrer Insel zu bedeuten hatten!

»Weißt du was, Bob,« sagte Rackertüg, »laß uns zu Knieptang gehen und mit ihm sprechen. Er ist wirklich ein kluger Vogel.« In großen Sätzen sprang er von Ast zu Ast voraus, und Bob folgte gedankenvoll. Knieptang saß unfern von dem Lehmnest, das schon notdürftig wieder geflickt war, und träumte vor sich hin. Er dachte an den gestrigen Abend und dachte an den morgen kommenden Königstag. Und wie ein Seufzer stieg es aus seinem Herzen auf: »O, wenn der edle Bob unser König würde!«

In dem Augenblick sah der Vogel Rackertüg und dicht hinter ihm die große graue Masse des Elefanten. Schnell flog er zum Nest und rief ins Nest hinein: »Frau, jetzt kannst du ihn sehen! Er kommt gerade auf unser Nest zu.« Frau Knieptang reckte den Hals, so weit sie konnte, und lugte neugierig über den gewaltigen Krummschnabel ins Freie. Knieptang aber flog eilig den Herankommenden entgegen.-

Die Unterhaltung zwischen Bob, Rackertüg und Knieptang hat niemand gehört, sie ward sehr leise geführt. Und Rackertüg warf seine Blicke bald nach rechts und bald nach links ins Dickicht, als fürchte er fremde Ohren. Bob schüttelte einmal über das andere sein großes Haupt, aber das Schütteln wurde immer unmerklicher. Und schließlich sagte er: »Gut also, wenn ihr glaubt, daß es zum allgemeinen Besten ist, will ich mich nicht langer sträuben. Aber nun schnell, führt mich zu dem hohen Hügel, von dem aus man die Insel überschauen kann!«

Da stieg der Hornvogel in die Luft und strebte mit gewaltigen, klappernden Flügelschlägen der steigenden Sonne entgegen, und die Meerkatze setzte sich auf Bobs Nacken und rief ihm zu, wenn er in seinem schnellen Laufe zu weit nach rechts oder nach links abwich. So ging es durch Dickicht, durch hohe Baumwälder, durch Wiesen und Steppen. Rackertüg saß ganz geschützt hinter dem dicken Schädel und freute sich, wenn er hörte, wie vor dem starken Druck des laufenden Riesen die Schlinggewächse zerrissen, und wenn er sah, wie links und rechts blitzende Augen aus den Tiefen schauten und entsetzt in den Fernen verschwanden. Drei Stunden dauerte der lustige Ritt. Die letzte Stunde ging es steil bergan. Dann beschrieb Knieptang in der Luft einen großen Bogen und ließ sich auf einen einsamen Felsstein nieder, der mitten auf einer schmalen Hochebene lag.

Bob hielt an, und Rackertüg sprang zu dem Vogel auf den Felsblock hinüber.

Bob atmete auf und sah nach allen Seiten in die Tiefe. Da hinten blitzte im Sonnenstrahl der Strom auf, über den er gekommen war. Und auf der andern Seite, so fern, daß man es kaum erkennen konnte, flimmerte auch so etwas wie ein weißer Strich. Das mußte der andere Arm des Flusses sein. Und zwischen den beiden Strömen dehnte sich endlos ein waldreiches Land. Bob sah lange nach allen Seiten. Endlich sagte er: »Ich sehe das Ende nicht.«

»Ich auch nicht,« sagte Rackertüg, »aber es liegt dort hinten, drei Tagereisen von hier.«

»Und das alles soll mir untertänig sein?« – »Das alles, Bob!« – Nun erhob Knieptang seine knarrende Stimme: »Du siehst, Bob, es ist ein schönes Land. Und es ist nichts Kleines, sein König zu sein! Aber jetzt müssen wir heimkehren, daß wir nicht zu spät zu unserer

Waldlichtung kommen. Um zwei Uhr ist die Beratung; denn zu dieser Stunde schläft alles Raubzeug.«

Bob sah noch einmal im Kreise umher. Und er sagte langsam: »Du hast recht, Knieptang, es ist ein schönes Land. Und ich möchte wohl sein König sein. Aber nur, wenn ich es ohne Blutvergießen werden kann!« – Knieptang tat, als hörte er nicht, schwang sich in die Luft und flog mit raschen Flügelschlägen den Weg zurück. Rackertüg schwang sich wieder auf Bobs Nacken. Und sausend ging Bobs Lauf in das Tal hinab.

Der Kriegsrat

Auf der Lichtung war es an diesem Vormittag ungewöhnlich lebendig. In ganzen Trupps kamen die Pinselschweine und die Rindböcke, die Schwarzbüffel und all die andern Vierfüßler des Inselreichs. Die Baumkronen waren bedeckt von Papageien und Webervögeln, von Hornvögeln und Pisangfressern. In den Ästen schwangen sich langgeschwänzte Meerkatzen aller möglichen Gattungen, und im Flußbett stampften gewaltige Dickhäuter und glotzten erstaunt umher. Allmählich drängten sich die einzelnen Völker dichter und dichter zusammen, und es begann in den Gruppen eine lebhafte Unterhaltung. Man merkte, daß es sich um wichtige Dinge handelte. Über der Lichtung wogte ein Gewirr von schmatzenden, bellenden, grunzenden Stimmen und schwoll immer mehr zu einem lauten Getöse an. Gegen Mittag nahm der Lärm ab. Die Haufen lösten sich auf, und ein Tier nach dem andern verließ den Platz. Nur ein einziger Vertreter von jedem der Volkshaufen blieb zurück. Und die Zurückgebliebenen schritten langsam und feierlich dorthin, wo am Flußufer ein einziger hoher Baum stand.

Es war ganz still auf der weiten Fläche. Nur an zwei Stellen des weiten Runds war ein unruhiges Hin und Her in den Bäumen zu merken.

Grotschnut, der Erwählte der Flußpferde, hob sein schweres Haupt aus dem Wasser und blickte aufmerksam nach allen Zeiten. Lässig nickte er jedem der Herankommenden zu; dann fielen seine Augen auf die kribbelnde Unruhe am Waldrand, und er fragte in seinem tiefen Baß: »Was ist denn da los?«

Vom Baum herunter schrie Kridewitt, der Häuptling der Papageien: »Das da sind die Hornvögel, die warten noch auf Knieptang, ihren Häuptling; und das da, das sind die Meerkatzen, die wissen nicht, wo ihr Rackertüg geblieben ist.«

Ärgerlich brummte Grotschnut: »Unpünktliches Volk! Gewartet wird nicht! Sind sonst alle da?« Er blickte sich gelassen um und überzählte die kleine Schar.

Da flog quer über die Lichtung in schnellem, lautem Fluge Knieptang, der Hornvogel, und über das Gras setzte in langen Sprüngen Rackertüg, der Affe. Bob aber war nicht bei ihnen. Grotschnut blickte nachlässig über die beiden hin, als sie sich entschuldigen wollten, und sagte: »Schon gut; wären auch ohne euch fertig geworden.« Dann ließ er das Maul ins Wasser sinken, hob es langsam wieder und sagte, während das Wasser ihm zu den Seiten heruntertropfte: »Das Sprechen wird mir ein bißchen sauer. Du könntest wohl den Bericht übernehmen, Schwarzbüffel.«

Stiefnack, der Schwarzbüffel, grunzte dumpf und ließ die schwarzblauen Augen unter den schweren Hörnern hervorblitzen. Er trat neben Grotschnut dicht an den Fluß heran, wandte sich den Abgesandten der Völker zu und sagte: »Der König ist tot. Morgen ist die Wahl. Ihr wißt es alle. Das Geschlecht der Tiger ist nicht mehr, wen sollen wir wählen?«

Da rief es von allen Seiten, und ein Dutzend Namen schwirrten durch die Luft.

»Ruhig!« rief das Flußpferd. »Einer nach dem andern!«

Stiefnack ergriff wieder das Wort: »Ich glaube, daß doch wohl der Stärkste König werden muß.«

»Natürlich, der Stärkste!« – »Nein, der Klügste!« –

»Bewahre, der Edelste!« So klang es durcheinander.

Stiefnack neigte das schwere Gehörn und blickte zornig um sich. Da hörte er über sich die knarrende Stimme Knieptangs und hob lauschend das Haupt. Denn er wußte, daß Knieptang ein kluger Vogel war. Und das Flußpferd blickte auch zum Baum in die Höhe, und alle Augen folgten seinen Blicken.

Knieptang bewegte grüßend die Flügel und sagte: »Verzeiht, wenn ich armer, bescheidener Vogel in einer so erlauchten Versammlung zuerst das Wort nehme. Aber ich habe euch Wichtiges zu melden. Zunächst muß ich sagen, daß – wie ich meine – Stiefnack durchaus recht hat: der Stärkste muß unser König werden; denn nur der Stärkste wird es mit unsern Feinden, den Raubtieren, aufnehmen können.«

»Bravo!« brummte der Schwarzbüffel, und das Flußpferd schlug klappernd die mächtigen Zähne zusammen.

»Aber auch die andern haben recht: der Klügste und der Edelste muß unser König sein; denn er muß es verstehen, uns Pflanzenfresser zum Siege zu führen, und er muß ein Herz für die Kleinen und Schwachen haben.« – »Larifari!« knurrte das Flußpferd. »Bravo! Bravo!« schrie Rackertüg.

»Und deshalb müssen wir den suchen,« – fuhr Knieptang ruhig fort, »der nicht nur der Stärkste, sondern der auch der Klügste und der Edelste ist.«

»Und wer ist denn das?« grollte der Schwarzbüffel.

»Das ist Bob, der Elefant!« schrie Rackertüg; und Knieptang sagte: »Ja, das ist Bob, der Elefant!« – »Wer?« – »Was redet der Kerl?« – »Elefant?« – »Ruhe!« – »Er ist verrückt geworden!« So klang es wirr durcheinander. Knieptang aber stieß dreimal einen scharfen Schrei aus. Da löste sich eine mächtige Gestalt aus dem Schatten am Waldrand, und in gemessener Ruhe schritt Bob auf die Versammlung zu.

»Seht, dort kommt er!« rief Rackertüg und sprang in großen Sätzen dem Elefanten entgegen.

Die Häuptlinge alle standen wie gelähmt und starrten dem Riesen entgegen. Nur der Schwarzbüffel senkte die Stirn, als wolle er es wagen, sich zum Kampfe zu stellen.

»Laß das!« sagte das Flußpferd, »der ist stärker als ich und als du!« Und lauter sagte er, damit alle es hören sollten: »Knieptang hat recht! Das ist wirklich ein Elefant. Ich kenne das Geschlecht vom großen Strom her. Es ist ein tapferes, kluges Geschlecht.«

»Und er ist edelmütig!« rief Knieptang. »Mein Weib hat er aus den Klauen der Zibetkatze gerettet und Rackertüg aus den Zähnen des Leoparden!«

Da löste sich der Bann von den Herzen der Tiere, und bewundernd blickten sie auf den Riesenleib Bobs, als er unter sie trat.

Grüßend hob Bob das mächtige Haupt, daß die gewaltigen Hauer in der Sonne blitzten und der Rüssel sich zu den Zweigen des Baumes reckte; dann senkte er die Stirn fast bis zum Wasser hinab.

Und er sprach: »Ich grüße euch, ihr Herren vieler Völker dieser Insel. Knieptang und Rackertüg haben mir erzählt von dem, was heute eure Herzen bewegt. Und sie haben mich gebeten, euch beizustehen im Kampf gegen die Raubtiere. Gern will ich euch helfen, soviel ich es vermag. Aber ich muß erst wissen, ob ihr alle mit mir gehen wollt.«

Er schwieg; und einen Augenblick war eine große Stille. Dann sagte Grotschnut: »Wir verstehen dich noch nicht ganz, Bob. Wir sind hier, um uns klar darüber zu werden, wen mir morgen zum König wählen wollen. Willst du unser König werden?«

»Laßt das einstweilen,« antwortete Bob, »darüber können wir später sprechen. Die Hauptsache ist, daß wir Herr werden über die Raubtiere, und zwar ehe es zur Wahl kommt.«

»Wie meinst du das?« fragte Grotschnut.

»Wir müssen die Raubtiere aus dem Lande vertreiben.«

»Wie? Was? Vertreiben?!«

»Ja, freilich! Vertreiben! Seht, genau so wie die Pflanzenfresser sich heut früh hier vereinigt hatten, – Knieptang und Rackertüg haben mich von allem unterrichtet – so werden sich morgen früh die Raubtiere irgendwo versammeln, um über die Wahl zu beraten. Nun handelt es sich natürlich erstens darum, zu erfahren, wo diese Versammlung stattfindet, dann aber die ganze Versammlung abzufangen und unschädlich zu machen.« – In den Zweigen klang es wie ein unterdrücktes Kichern, und die Vierfüßler sahen sich an, als machte Bob einen schlechten Witz.

Bob aber fuhr ruhig fort: »Seht, niemals wieder werden wir alle Raubtiere so schön auf einem Haufen haben; und was das Unschädlichmachen anbetrifft, so kommt eben alles auf die Kriegslist an und darauf, ob ihr alle mitmachen wollt.«

Die Tiere drängten sich dichter zusammen, und Bob dämpfte seine Stimme so sehr, daß Großschnut seine kleinen Ohren wie Trichter öffnen mußte, um jedes Wort zu verstehen.

Allmählich ging eine leise Bewegung durch den Kreis der Lauscher. Die Vögel bewegten lustig ihre Flügel, und die Vierfüßler schlugen mit ihren Schwänzen hin und her und stießen leise Freudentöne aus.

Als Bob seine Kriegslist eingehend auseinandergesetzt hatte, erscholl ein einmütiges Schnalzen, Brummen und Grunzen der Zustimmung, und Grotschnut sagte: »Großartig, Bob, wirklich großartig!«

»Na also,« rief Bob wieder in lautem Ton, »dann tut alle eure Pflicht! Auf Wiedersehen morgen früh!«

»Auf Wiedersehen morgen früh!« riefen alle. Das Flußpferd schwamm eiliger als gewöhnlich den Fluß hinunter zum großen Strom, Büffel und Pinselschwein sausten in den Wald hinein, und die Vögel flogen zu ihren gewohnten Sammelplätzen. Nur Knieptang und Rackertüg blieben noch lange bei Bob zurück, und die drei überlegten noch einmal alles, was für den kommenden Tag zu bedenken war.

Der Überfall

Als der Morgen sein erstes Licht über die Lichtung goß, stieg Bob in den Fluß hinein, um sich für große Dinge zu stärken. Dann schritt er einige Male neben dem Flusse auf und ab. Hin und wieder blickten seine Augen aufmerksam auf den Waldrand; dann wieder sah er hinauf zum Himmel, der sich lichter und lichter färbte.

Da krachte es in den Zweigen der Bäume, und Rackertüg, der Affe, flog in weitem Bogen ins freie Feld und rannte auf Bob zu. Mit einem Satz saß er hinter den großen Ohren und erzählte flüsternd, daß er die Raubtiere schon beisammen gefunden habe. Ihr Stelldichein liege gerade in der Mitte zwischen dem schwarzen Strom und der Lichtung. Er habe Grotschnut, dem Häuptling der Flußpferde, schon alles Nötige mitgeteilt.

Während Rackertüg noch sprach, rauschte es über ihnen in der Luft. Knieptang kam herangeflogen, setzte sich auf den einsamen Baum und bestätigte Rackertügs Nachricht. Der Weg nach dem Versammlungsort der Raubtiere sei gar nicht zu verfehlen. Er gehe dicht an dem Affenbrotbaum vorbei, der im letzten Sturm umgestürzt sei. Und nirgends sei der Wald auf diesem Wege so dicht, daß es unmöglich sei, hindurchzukommen.

Als Bob das gehört, schmetterte er dreimal einen machtvollen Trompetenton seines Rüssels in die Morgenstille. Kurze Zeit blieb es noch ruhig im Walde, dann brach es von allen Seiten ins Freie. In hellen Haufen kamen die Meerkatzen und die Büffel, die Rindböcke und die Pinselschweine, die Papageien und Hornvögel. Es war ein unglaubliches Gewimmel auf der Lichtung. Unermeßlich groß wirkte darin die massige Gestalt Bobs, und alle Augen hingen an der ungewohnten Erscheinung.

Da hob Bob seinen Rüssel senkrecht in die Luft. Rackertüg flog von seinem hohen Sitz herunter und jagte zu den Seinen. Knieptang rauschte mit den Flügeln, und im Nu war der ganze Baum von dem Volk der Hornvögel bedeckt.

Es dauerte nicht lange, da stand jede Gattung der Tiere in sauberer Ordnung gesondert auf dem weiten Felde.

Und nun geschah etwas Wunderbares.

Wie zwei feindliche Heerhaufen schritten die Gruppen der Meerkatzen und der Pinselschweine aufeinander zu. Langsam und bedächtig voran die beiden Häuptlinge. Dann sprach Rackertüg ein paar kurze Worte zu Kruskopp, dem Häuptling der Pinselschweine, drehte sich um zu den Seinen, klappte in die Hände, und – eins, zwei, drei! – saßen die Meerkatzen auf dem Rücken der Schweine.

Und wieder hob Bob den Rüssel und stieß einen Trompetenstoß aus. Mit kurzen Worten ermahnte er seine Krieger, ihre Pflicht zu tun. Die Flußpferde ständen schon an ihrem Platze. Alles käme nun darauf an, niemand entschlüpfen zu lassen. Er bäte die Büffel und Rindböcke, in breiter Schlachtreihe ihm zu folgen. Die Pinselschweine mit den Meerkatzen müßten in zwei Heerhaufen zur Linken und zur Rechten vorrücken und den Feind umklammern. Die Vögel aber sollten sich im rechten Augenblick zwischen das Gehörn der Büffel und der Rindböcke setzen.

»Und nun los!« schrie Bob und setzte sich an die Spitze der Heerhaufen. Knieptang flatterte als Wegweiser voraus. In breiten Massen folgten die Büffel und hinter ihnen das leichtere Volk der Rindböcke. Kruskopp hatte die Masse der Pinselschweine in zwei gleiche Teile geteilt, und eilig stürzten sie nun zur Rechten und zur Linken des gehörnten Haufens in den Wald hinein.

Über ihnen aber folgten mit vielem Geschrei die Hornvögel und die Papageien.

*

Die Raubtiere hatten die Vorwahl für den Königstag beendigt. Scharpetän, der Leopard, war von ihnen gewählt worden. Er hatte gerade mit Dank die Wahl angenommen und sah sich triumphierend in dem weiten Kreise seiner Anhänger um, da ertönte im Rücken der Versammlung ein Stampfen und Knacken und Brechen. Und plötzlich sahen die Raubtiere hinter sich eine dichte Mauer von gesenkten Büffelköpfen und mitten darunter ein gewaltiges graues Untier mit blitzenden Hauern. Da duckten sie sich und spähten umher, wo der Weg noch frei sei. Nur Scharpetän wandte sich zähnefletschend und blickte hinauf zu dem entsetzlichen grauen Koloß. Aber als er zwischen Bobs Ohren einen Vogel sah, der gewaltig mit den Flügeln schlug und fürchterlich schrie, und zwischen den Büffelhörnern krächzende, schreiende, flatternde Federmassen, da packte ihn das Entsetzen, und er sprang mit einem ungeheuren Satze zurück und jagte besinnungslos hinein in den Wald. Und alle seine Mannen folgten ihm.

Und nun gab es eine tolle Jagd. Die Raubtiere voraus und in weitem Halbkreis Bob und die Büffel und Rindböcke hinter ihnen drein. Es ging geradeswegs auf den großen Strom zu.

Der Urwald schien zu ächzen und zu stöhnen unter dem gewaltigen Getrampel der Tiere, und die Luft war erfüllt von dem Krachen der Äste und dem Schreien der Tiere.

Auf einmal fuhr es Scharpetän durch den Sinn, daß der Weg, den er genommen, direkt in den Strom führen müsse, und er bog scharf nach links ab. Und die Völker der Leoparden und Zibetkatzen flogen dichtgedrängt hinter ihm drein.

Schon glaubte Scharpetan, sie seien gerettet, denn er hörte, daß die Büffel die Schwenkung nicht mitmachten; aber plötzlich erblickte er dicht vor sich eine breite Masse von Pinselschweinen, und auf dem Nacken der Schweine saßen Meerkatzen und schrien aus Leibeskräften.

Da hörte der Wald einen Schrei aus Scharpetans Rachen, wie er ihn noch nie von einem Leoparden gehört hatte. Scharpetän hatte sich auf die Hinterbeine gestellt und schlug mit den Vordertatzen wie besessen in die Luft. Das konnte nicht mit rechten Dingen zugehen!

Und nun sahen auch die vordersten Reihen der nachdrängenden Tiere die reitenden Affen. Und ein wilder Schrecken packte sie. Einen Augenblick staute sich die Masse der Raubtiere, dann aber sprangen die ersten in hohem Bogen nach rückwärts und stürmten über die Rücken der Kommenden dahin. Allen voran Scharpetän.

In tollem Jagen ging es an der vorwärtstrabenden Schlachtreihe der Büffel vorbei nach der andern Seite. Und noch einmal wiederholte sich der tolle Spuk.

Gut denn, so mochte das Wasser ihnen gnädig sein! Besser ertrinken, als mit bösen Geistern kämpfen!

Sausend flog Scharpetän wieder geradeaus, vor Bob und seinen Büffeln her; wie eine Schlange wand er sich durch das immer dichter werdende Gestrüpp und die Schlinggewächse. Und hinter ihm her raste der ganze Haufen des Raubzeuges, Todesangst in den Gliedern.

Ah! der Strom! – Scharpetän hatte sich durch die Maschen des Waldrandes hindurchgedrängt. Vor ihm glitzerte im Sonnenschein das fließende Wasser.

Aber was war denn das? Führte da nicht ein trockner Pfad über das schwarze Wasser?

Es blieb ihm keine Zeit, zu prüfen und zu überlegen. Von hinten drängte es gewaltig nach. So sprang denn Scharpetän hinunter auf die nassen schwarzen Blöcke, die dicht geschichtet im Strome lagen. Er wäre fast hinuntergeglitten, so feucht und glitscherig war die Brücke. Aber er streckte die Krallen ein wenig vor und rannte, so schnell er konnte, an das andere Ufer.

Und in langem Zuge folgten die gefleckten Katzen. Einige rutschten von der glatten Brücke hinunter ins Wasser und ertranken elendiglich, aber die meisten kamen hinüber und jagten, ohne sich umzusehen, hinein in den neuen Wald.

So hörten sie es nicht, wie Bob einen jubelnden Trompetenstoß tat, als er mit den Seinen am Ufer des Stromes stand und sah, daß die letzten Raubtiere da drüben verschwunden waren. Und sie sahen es auch nicht, wie plötzlich die Brücke auseinanderschwamm und die dicken Schädel der Flußpferde luftschnappend aus dem Wasser auftauchten.

Grotschnut, der Häuptling, schwamm ans Ufer heran und fragte zu Bob hinauf, ob seine Leute es gut gemacht hätten. Bob schwenkte aus Leibeskräften den Rüssel und rief: »Ausgezeichnet, ganz ausgezeichnet!« Und dann wandte er sich zu den Völkern der Pflanzenfresser, die dicht gedrängt am Ufer standen, und rief: »Der Feind ist geschlagen! Dank euch allen, ihr tapfern Befreier unserer Insel!« Und ein unbeschreiblicher Jubel brach los. In das Schreien und Jauchzen aber mischte sich der Ruf: »Heil Bob! Heil unserm König!«

Am Nachmittag desselben Tages fand auf der Lichtung die Königswahl statt. Grotschnut hielt eine kurze Rede; dann sprach Stiefnack, der Schwarzbüffel. Und ein Häuptling folgte dem andern. Und jeder sagte im Grunde dasselbe. Schließlich wurde Bob unter jubelndem Beifall zum König des Inselreichs erwählt. Bob dankte in tiefer Ergriffenheit und sagte, was an ihm liege, werde er tun, daß jeder im Reiche zu seinem Rechte komme. Und er erzählte, wie wunderbar er von einem armen bedrückten Gefangenen zum König eines köstlichen Landes geworden sei. »Das werde ich nie vergessen. Und ich glaube fast, daß es gut für einen Herrscher ist, wenn er aus Not und Bedrängnis zur Höhe hinaufsteigt. Es wird ihm dann doppelt weh tun, wenn er sieht, daß einer seiner Untertanen in Not ist.« Er schloß mit den Worten: »Ihr sollt niemals in mir den Tyrannen fühlen, sondern ich will mich bemühen, euch immer ein guter Freund zu sein.«

Die Begeisterung kannte keine Grenzen.

Die Meerkatzen schleppten Unmengen von Pisangfrüchten, von Nüssen und Beeren und feinen jungen Zweigen herbei. Und am Abend fand ein Königsmahl statt, wie es der Urwald noch nie erlebt hatte.

Als der Mond über den Akazienbäumen heraufstieg, machte er ein sehr erstauntes Gesicht; denn in der Lichtung war es noch so lebendig, als wäre heller, lichter Tag. Was ihn aber noch mehr erstaunte, war, daß alle möglichen Tierfamilien, die er nie zusammen gesehen hatte, in innigster Freundschaft miteinander verkehrten. – Was mochte hier nur passiert sein? Neugierig blickte er rings umher. Da sah er weit ab vom Getümmel einen riesigen Elefanten stehen und Zwiesprach halten mit einem Hornvogel, der aus einem zerrissenen Lehmneste herauslugte. Der Rüssel des Elefanten aber strich zärtlich über den Kopf einer Meerkatze, die im Gezweig des Baumes saß.

Was waren das nur für wunderliche Dinge!

Der Mond sah lange auf die seltsame Gruppe. Endlich schritt er weiter. Er liebte das Rätselraten nicht.

Bob heiratet

Bob war ein milder und kluger Herrscher. Die meisten Untertanen sprachen mit Begeisterung von ihm. Natürlich nicht alle.

Die Papageien waren z. B. der Meinung, daß Bobs berühmter Kriegszug gegen die Raubtiere eigentlich recht übereilt gewesen wäre. Kridewitt hatte sogar an einem Abend in vertrautem Kreise die Behauptung aufgestellt, daß Bob sich gar zu sehr von Rackertüg habe beeinflussen lassen. Ein Affe sei immer ein Hansnarr und noch dazu voll Eigennutz, hätte Bob einen Papagei gefragt, so würde der ihm schon gesagt haben, daß auf der Insel auch Schlangen seien, und daß es ebenso notwendig sei, die auszurotten, als die vierfüßigen Raubtiere. Jetzt habe man die Bescherung. Nächstens werde die ganze Insel ein Schlangennest sein, weil kein Tier mehr da sei, das dies gefährlichste Raubzeug vertilge.

Aber – wie gesagt – die meisten von Bobs Untertanen freuten sich des neuen Regiments und nannten Bob den Wohltäter der Insel, obgleich sich in der Tat die Brillenschlangen stärker vermehrten als in früheren Zeiten.

Zumal die Meerkatzen wußten gar nicht, was sie Bob alles zulieb tun sollten, wenn er durch den Wald ging, dann folgten sie ihm in den Bäumen und fächelten ihm mit Palmzweigen die Fliegen vom Rücken. Und wenn er im Wasser stand und sich mit dem Rüssel duschte, dann kletterten die kleinen Kerle am Ufer hinab und spritzten König Bob von hinten und von vorn und von allen Seiten so voll Wasser, daß er vor Behagen grunzte.

Auf seinen Rücken aber wagte sich keiner als Rackertüg zu setzen. Als einmal ein junger Affe kühn vom Ufer aus auf seinen Rücken sprang, da fegte Bob ihn mit einer so vornehmen Bewegung herunter, einfach ins Wasser hinein, daß keiner es wieder wagte, sich derlei Vertraulichkeiten herauszunehmen.

Ein guter Freund war Bob aber auch den geringsten seiner Untertanen, gleichmäßig freundlich, helfend und schützend, wo immer es nötig war.

So war das Jahr herum gegangen. Auf die heiße Zeit waren die Regenmonate gefolgt. Dann gingen auch sie vorbei. Und es huben wieder die schönen sonnigen Tage an und die noch schöneren kühlen Nächte.

Da verkündete Rackertüg eines Tages seinen Leuten, daß Bob einen Ausflug nach dem Festlande gemacht habe. Voraussichtlich werde er bald zurückkehren. Wichtige Regierungsgeschäfte hätten ihn gezwungen, die kurze Reise zu machen.

Die Meerkatzen horchten erstaunt auf, und sie begriffen nicht recht, welche Regierungsgeschäfte einen König zwingen könnten, sein Land zu verlassen. Und die andern Untertanen verstanden es auch nicht recht. Um so weniger, da Bob mit keinem Worte über diese Reise sprach, als er glücklich wieder daheim war.

Und merkwürdig, solche Reisen wiederholten sich. Kridewitt begann schon im Kreise der Papageien davon zu sprechen, daß es doch eigentlich sehr seltsam sei, wenn ein Herrscher mehr außer Landes sei als daheim. Ja, sie sprachen sogar die Vermutung aus, daß Bob sich auf der Insel langweile und daß er jedenfalls über kurz oder lang ebenso plötzlich verschwinden werde, wie er gekommen sei.

Oft saßen am Abend die Meerkatzen in dichten Haufen auf den Schlingpflanzen am Rande der Lichtung und warteten, daß Bob zum Baden kommen sollte. Und wenn er wieder einmal nicht kam, redeten auch sie ärgerlich und aufgeregt durcheinander.

Da begab sich etwas, das sich noch nie begeben hatte, solange Meerkatzen auf der Insel waren.

An einem wunderschönen, lichten Sommerabend krachte es plötzlich im Unterholz, und in die Lichtung hinein trabte in lustigem Lauf Bob, und dicht hinter ihm trabte eine junge, hellgraue Elefantin.

»Ah!« sagten unwillkürlich die Meerkatzen. Denn so sehr ihnen Bob Achtung einflößte, das Weibchen war doch eine ganz andere Schönheit. Wie fest und prall die Haut am Körper saß! Und wie die kleinen Augen blitzten!

Bob wandte sich halb zu seiner Gefährtin und lief tänzelnd neben ihr zum Flusse hin.

Und dann standen die zwei im Wasser, und Bob sog seinen Rüssel voll und ließ den Strahl hinunterprasseln auf die Elefantin. Er ging im Kreise um sie herum und bespritzte sie tüchtig von allen

Seiten. Sie aber ließ es sich wohl gefallen und bewegte nur leise die Ohren und schwenkte den Rüssel hin und her.

Die Meerkatzen hatten unbeweglich gesessen und gestaunt.

*

Also deshalb war Bob so oft nach dem Festlande gegangen! Auf Freiersfüßen war er gewesen, und nun hatte er seine Herzallerliebste heimgeführt in sein eigenes Reich!

Jetzt blieb Bob stehen und blickte umher. Und wie er die langen Reihen der Meerkatzen in den Bäumen sitzen sah, da erhob er seinen Rüssel und trompetete einen lustigen Dreiklang.

Die Affen flogen von ihren Sitzen herunter, und schneller, als eine Pisangfrucht zur Erde fällt, waren sie im Wasser und schlugen mit ihren kleinen Händen einen Sprühregen über Bob und sein junges Weib.

Bob wollte nicht, daß seine Hochzeit gefeiert würde; aber er konnte es doch nicht hindern, daß alle Völker seiner Insel Abgesandte schickten, um ihre Glückwünsche auszusprechen. Denn wie ein Lauffeuer war die Runde durchs Land geeilt, daß Bob geheiratet habe.

Selbst die Papageien entsandten Vertreter, um Bob und seiner jungen Frau alles Gute zu wünschen. Und von allen Seiten kamen die Neugierigen, um die Frau des großen Bob zu sehen. Mindestens eine Woche lang wurde in den Wäldern und Feldern, in den Baumwipfeln und im Riedgras von nichts anderem gesprochen, als von der jungen Frau Königin; und im großen ganzen war das Urteil, das diejenigen aussprachen, die sie bereits gesehen hatten, sehr günstig, sie machte Eindruck und hatte doch so etwas von holder Weiblichkeit, wenigstens, wenn man sie mit Bob selbst verglich. Und mehr konnte man doch wohl nicht verlangen!

Bob war glückselig. Und es freute ihn, wenn Knieptang und Rackertüg ihm bisweilen aus dem Munde ihrer Frauen von der Begeisterung erzählten, die Frau Bob selbst bei dem weiblichen Geschlecht erregte.

Er beschloß, mit seiner Frau zusammen Reisen durch sein Land zu machen, damit jedermann sie kennen lerne und sie selbst sich etwas in ihrer neuen Heimat umsehe. Und er fühlte sich dann so recht als Landesvater, wenn die Tiere von allen Seiten herzugeströmt kamen und nach dem Jubel der Begrüßung mit ehrfurchtsvoller Scheu von ihren besonderen Wünschen und auch von ihren kleinen und großen Kümmernissen sprachen.

Frau Bob sah bewundernd zu ihrem Gatten auf, wenn sie auf solchen Reisen kreuz und quer durch die Insel seinen klugen Rat hörte und wenn sie merkte, wieviel jeder einzelne auf solchen Rat gab. Aber bisweilen sah sie ihn auch mit betrübten Augen an, wenn er sich wieder einmal von einem Hornvogel oder von einem Papagei vorjammern lassen mußte, daß die Schlangen immer dreister würden und daß die Vogeleier selbst in den höchsten Bäumen nicht mehr sicher seien vor der wilden Gier dieser schleichenden Ungeheuer.

Sie wußte es sehr wohl, daß solche Klagen Bob sehr betrübten. Sie bat sogar einige Male hinter Bobs Rücken die Vögel, ihn doch nicht immer mit solchen Klagen zu quälen. Ändern ließe sich die Sache ja doch nicht. Aber die Vögel meinten, dafür sei Bob doch gerade der König der Insel, daß er den Armen und Bedrängten helfe. Und daß er es könne, wenn er nur wolle, das habe er doch bewiesen, als er den Rachezug gegen die vierfüßigen Raubtiere unternommen habe.

Da schwieg Frau Bob dann. Aber in ihrem Herzen kämpfte das Mitleid mit den Tieren und der Kummer, daß Bobs Freude an seinem schönen Reiche getrübt werden könnte. Denn sie sah keine Möglichkeit für Bob, den Kampf mit dem elenden Geschmeiß aufnehmen zu können, das sich feige in der Dunkelheit der Erde verkroch, wenn es Bobs schwere Schritte nahen hörte.

Das war der einzige Schmerz in ihrem jungen Glück.

Die Schlangenplage

Bob aber grübelte mehr und mehr, ob es nicht doch eine Möglichkeit gäbe, der Schlangenplage Herr zu werden. Oft schritt er, so vorsichtig er nur irgend konnte, einsame Wege. Und wenn er dann lange unbeweglich stehen blieb, sah er plötzlich rund um sich eine Unzahl von kleinen gelben Brillenschlangen. sobald er aber die schweren Füße hob, um die frechen Dinger zu zertreten, huschten sie blitzartig auf die Seite und waren wie verschwunden. An einem Tage entschloß er sich, mit Rackertüg und mit Kruskopp, dem Häuptling der Pinselschweine, über die Sache zu sprechen. Die Meerkatzen waren ja flink und behende, und die Pinselschweine wußten schnell und geschickt den Boden aufzulockern, wie wäre es, wenn diese beiden Völker sich zusammentäten, Jagd auf die Schlangen zu machen. Kruskopp aber erklärte, er würde ja gern bereit sein, sein ganzes Volk zur Verfügung zu stellen, denn soviel er wisse, sei noch niemals ein Schlangenbiß durch die Haut eines Pinselschweins gedrungen; aber das sei völlig zwecklos, denn die Schlangen verkröchen sich, sobald sie nur von ferne ein Pinselschwein kommen hörten, seine Leute würden eben die Jagdbeute gar nicht zu Gesicht bekommen. Und Rackertüg erklärte rund heraus, daß die Meerkatzen in dieser Angelegenheit gar nichts tun könnten, denn der Biß einer Brillenschlange töte auch den tapfersten Affen.

So blieb denn einstweilen alles beim alten.

Da kamen Bob und seine Frau auf ihren Wanderungen einmal an einen breiten Sumpf. Bei den ersten Schritten merkten sie, daß er sehr schwer zu durchwaten sei. Aber Bob sagte, er als Landesvater müsse auch die Gegend hinter dem Sumpfe kennen lernen. Das helfe nun nicht. Und wenn sie auch ein wenig einsinken würden: sie könnten ja beide schwimmen. So schritten sie denn ruhig in den Sumpf hinein. Einmal sanken sie freilich bis an die Brust ein; aber schließlich kamen sie glücklich hindurch.

Vor ihnen lag ein schöner Hochwald mit festem, steinigem Boden.

Langsam und behaglich schritten sie dahin, und Bob blickte aufmerksam nach beiden Seiten. Plötzlich blieb er stehen, sah rings umher auf den Boden, als ob er etwas suche, und er sagte zu Frau Bob: »Fällt dir nichts auf?« Frau Bob wußte nicht recht, was er meinte, und sagte: »Nun ja, daß der Boden sehr fest und steinig ist.«

»Ach nein,« sagte Bob, »daß hier keine Schlangen zu sein scheinen.« Sie blieben stehen und rührten sich nicht und warteten geduldig, ob nicht doch aus irgend einem Winkel Schlangen hervorkämen. Aber wahrhaftig, keine einzige Schlange ließ sich sehen.

»Woran das nur liegen mag?« sagte Frau Bob.

Bob schlug die Ohren auf und nieder, wie er es immer zu tun pflegte, wenn er erregt war, und sagte kein Wort. Mit aufmerksamen Blicken schritten sie weiter durch den lichten Wald. Auf einmal blieb Frau Bob stehen und zeigte mit dem Rüssel auf ein Tier, das sie noch niemals gesehen hatte und das fast wie eine riesige Meerkatze aussah. Das Tier stand auf den Hinterbeinen und blickte aufmerksam in ein Dickicht von Orchideen hinein.

Im ersten Augenblick bekam Bob einen furchtbaren Schreck, denn er glaubte, einen Neger zu sehen; aber als er schärfer hinsah, erkannte er das Tier, und er sagte zu seiner Frau, das sei nur ein Schimpanse. Im Grunde genommen sei er nicht viel anders als eine Meerkatze, nur viel, viel stärker. Aber er hätte gar nicht gewußt, daß Schimpansen in seinem Reiche seien, und er begreife gar nicht, daß Rackertüg ihm niemals etwas von den Tieren gesagt habe und daß auch keiner von ihnen bei der Königswahl zugegen gewesen sei. »Na, weißt du, etwas wunderlich sollen diese Schimpansen immer sein, und vielleicht leben sie auch nur diesseits des Sumpfes und können ihn nicht so leicht überschreiten wie wir. Nun, wir werden ja bald von ihm selbst weiteres erfahren.«

Bob nahm eine hoheitsvolle Haltung an und schritt seinem Weibe voran auf den Schimpansen zu. Dann trompetete er seinen Königsruf.

Bußemann, der Schimpanse, sah sich um, sprang in den nächsten Baum hinauf und stieß ein dumpfes Lachen aus. Und plötzlich war er wie verschwunden.

Ärgerlich tat Bob noch einmal seinen Ruf. Da flatterten von rechts und links Helmvögel und Papageien und Hornvögel heran. Die setzten sich rund umher auf die Äste der Bäume und begrüßten Bob und seine Frau mit großer Ehrfurcht.

Bob fragte sofort: »habt ihr hier viel Schimpansen?«

»Nein,« sagte Schmuckejung, ein Helmvogel mit blauen und gelben Federn, »nur Bußemann; aber der ist unser aller Wohltäter.«

»Wohltäter?« sagte Bob, und seine Stimme dehnte sich; »und was bin denn ich?«

»Du bist unser König,« sagte Schmuckejung, »und bist auch unser Wohltäter, denn du hast uns die Leoparden und Zibetkatzen vertrieben; aber Butzemann, der Schimpanse, vertreibt uns die Schlangen.«

»Was tut er?« fragte Bob ganz hitzig und wölbte seine großen Ohren. – »Er vertreibt die bösen Schlangen!«

Bobs Herz schlug vor Aufregung, und Frau Bob drängte sich dicht an ihn heran.

»Und wie macht er das?« fragte er weiter.

»Ja, das kann ich dir nicht so genau beschreiben; aber das kann er dir ja selbst sagen.«

»Er ist aber vor uns davongelaufen.«

»Ja,« sagte Schmuckejung und warf einen Seitenblick auf Frau Bob, »das tat er wohl!«

»Ja, warum tat er denn das?«

»Hm,« sagte Schmuckejung, »er ist wohl ein bißchen wunderlich. Er ist nämlich ein alter Junggeselle, und da läuft er vor allen Frauensleuten davon.«

Da lachte Bob in sich hinein und stieß seine Frau an und sagte: »Du, vor dir ist er davongelaufen!«

Dann aber wurde er wieder ernst und sagte:

»Wer kann mich zu Bußemann führen? Ich muß ihn notwendig sprechen.« Und zu Frau Bob sagte er, sie müsse ihn hier erwarten; er werde sicher bald wieder da sein.

Darauf trabte Bob hinter Schmuckejung her, der immer weiter den Wald hinaufflog bis zu einer felsigen Lichtung.

Bußemann saß in seinem Bau mitten zwischen dem Geäst eines Affenbrotbaumes und kehrte Bob den Rücken zu. Aber Schmuckejung flog zu ihm und sagte ihm leise einige Worte ins Ohr. Da drehte Bußemann sich um und guckte mit seinem blassen Gesicht spöttisch auf Bob herab. Wieder klang ein dumpfes Lachen: »Hohoho!« Bob hätte sich am liebsten umgedreht und den unhöflichen Gesellen allein gelassen. Aber er bezwang sich und sagte: »Die Vögel nennen dich ihren Wohltäter, weil du die Schlangen vertreibst, willst du mir sagen, wie du das machst?«

Bußemann schüttelte heftig mit dem Kopf.

In Bob stieg wieder der Zorn auf. Aber er bezwang sich noch einmal und sagte: »Ich komme ja nicht für mich, sondern für die Vögel, die jenseits des Sumpfes wohnen und von den Schlangen fast vernichtet werden. Warum willst du es mir nicht sagen?«

Da öffnete Bußemann das Maul und sagte: »Weil man es nicht sagen kann. Man kann es nur zeigen.«

»Nun wohl, Bußemann, dann zeige es mir!« sagte Bob und sah bittend zu dem Schimpansen auf.

Aber Bußemann antwortete: »Dir kann ich es auch nicht zeigen!«

Da wurde Bob zornig, und er hob seinen Rüssel wie zum Schlage. Aber er fragte noch einmal, – und seine Stimme klang wie das Rollen eines fernen Donners: »Warum *mir* nicht?«

»Weil du keine Finger hast!« antwortete Bußemann.

Da ließ Bob den Rüssel wieder sinken, und er wiegte sich gedankenvoll auf seinen Beinen und sah hinab auf seine dicken Füße.

Dann sagte er plötzlich: »Und willst du mir's zeigen, wenn ich dir jemand mitbringe, der Finger hat?«

Bußemann brummte etwas vor sich hin? dann sagte er: »Ja!«

»Auf Wiedersehen denn!« rief Bob und jagte so schnell zu seiner Frau zurück, daß Schmuckejung kaum mitkommen konnte.

Als Bob und seine Frau durch den Sumpf liefen, da klang es, als würden irgendwo in der Ferne Negerbüchsen abgefeuert; es war aber nur das Puffen der zähen Schlammmasse bei dem Einsinken und dem schnellen Herausziehen der dicken Füße, so sehr rannten die beiden.

Schier atemlos kamen sie bei der Meerkatzen-Lichtung an. Und nach einer kurzen Weile, da nahm Bob von seiner Frau zärtlichen Abschied – es war das erstemal, daß er sie auf der Lichtung allein ließ – und rannte denselben Weg zurück. Zwischen seinen Ohren aber saß Rackertüg. – Und dann stand Bob wieder vor Bußemann, umfaßte Rackertüg mit seinem Rüssel und streckte ihn dem Schimpansen entgegen. Bußemann nickte nur und stieg stillschweigend von seinem hohen Sitz herunter.

Hochaufgerichtet ging er einige Schritte in den Wald hinein und riß von einer Gummiliane ein langes Stück ab. Das legte er sich wie eine doppelte Kette um den Hals und sprang auf allen Vieren so schnell tiefer in den Wald, daß Bob und Rackertüg ihm kaum folgen konnten. Nach einiger Zeit wandte er sich um, legte den Finger auf den Mund und ging leise auf ein Dickicht zu, das neben einem umgestürzten Baum im grellen Sonnenschein lag.

Bob schritt so vorsichtig, daß kein Zweig knackte, und Rackertüg lugte mit gespanntester Aufmerksamkeit zwischen den Ohrenbergen hervor.

Nun blieb Bußemann stehen und stocherte mit dem einen Ende der Gummiliane in dem Buschwerk herum, plötzlich hörte man ein lautes Zischen, und am Rande des Dickichts richtete sich der Oberkörper einer Brillenschlange auf und blies den breiten Halskragen auf. Bußemann setzte sich auf den Boden, als habe er die Absicht, sich mit dem giftigen Wurm behaglich zu unterhalten; aber er hielt ihm immer das Ende der Schlingpflanze vor den Kopf.

Plötzlich öffnete die Schlange den Rachen und biß wütend in die Liane hinein. Im selben Augenblick stürzte der Schimpanse mit beiden Fäusten über die Schlange her und drückte den Daumen auf eine Stelle des Nackens. Einen Augenblick hielt er das sich windende Tier so fest. Da ließ es die Liane fahren, in die es sich verbissen hatte, und der geringelte Körper erstarrte, als sei die Schlange plötzlich in einen dürren Ast verwandelt.

»Ist sie tot?« flüsterte Rackertüg.

Bußemann antwortete nicht. Er sah starr auf das Dickicht, wie Bob und Rackertüg dem Blicke folgten, sahen sie, wie es sich im Laube bewegte. Der Schimpanse warf einen schnellen Blick auf die erstarrte Schlange, die zu seinen Füßen lag; dann stieß er wieder in das Blätterwerk hinein. Und wieder hob sich ein Schlangenkörper aus dem Grün, und wieder züngelte eine gespaltene Zunge gegen das vorgehaltene Lianenstück. Und dann biß die Schlange in das weiche Holz hinein, und Bußemann packte sie an der verwundbaren Stelle, gerade unterhalb des breiten Halskragens. Und wieder streckte sich der Schlangenleib, als sei alles Leben aus ihm entwichen, und fiel wie ein toter Stab zu Boden.

»Hast du alles gesehen?« flüsterte Bob Rackertüg zu.

»Ich glaube, ja,« gab Rackertüg – an allen Gliedern zitternd – zur Antwort. »Aber ich glaube nicht, daß sie tot sind.«

Unterdes hatte Bußemann mit unglaublicher Schnelle die Lianenkette vom Hals heruntergenommen und mit ihr die beiden erstarrten Schlangen umwickelt. Er nahm das Bündel unter den Arm und rannte, so schnell er konnte, quer durch die Bäume. Und Bob und Rackertüg rannten hinterdrein. Da klang es wie das Rauschen eines starken Wasserlaufs zu ihnen herauf. Und plötzlich standen sie hoch oben auf einem Felsen über dem breiten Strom.

Mit einem mächtigen Schwunge schleuderte der Schimpanse die umwickelten Schlangen weit in den Strom hinaus. Dann wandte er sich ruhig gegen Bob und sagte: »Nun habt ihr es gesehen.«

Da sagte Bob: » *Hu masseru massareneke!*« das heißt so viel wie: »Ich bewundere von ganzem Herzen, was du getan hast.«

Rackertüg aber fragte: »Warum hast du sie nicht gleich getötet?«

»Dummkopf!« sagte Bußemann. »Aus Schlangenblut entstehen neue Schlangen, und gräbt man sie in die Erde, so wachsen tausend Schlangen nach. Man kann die Schlangen nur vernichten, wenn man sie ins Meer wirft und sie ertrinken.«

Bob sagte: »Du bist der Weiseste, der in meinem Walde ist. Willst du mit mir gehen und bei mir bleiben?«

Bußemann schüttelte den Kopf und sagte: »Nein, König Bob. Ich will allein bleiben. Aber ich will deine Meerkatzen lehren, Schlangen zu fangen, wie es mich *Massa Maremba* gelehrt hat, als ich noch im Negerdorf lebte.«

Als Bob heimwärts ging, war er so tief in Gedanken versunken, daß er gar nicht auf Rackertügs erregte Reden hörte. Es war ihm unheimlich, daß noch ein zweiter in seinem Reiche war, der ein Negerdorf kannte. Es kam ihm vor, als seien die schwarzen Zweifüßer ihm wieder nahe gekommen. Und er dachte gar nicht mehr an die Schlangen und an die Klagen der Vögel.

Rackertüg wird ein Held

In der Waldlichtung schritt Frau Bob mit kleinen Schritten auf und ab. Sie hörte nicht auf den Unsinn, den die Meerkatzen und die Papageien machten. Denn sie war ärgerlich, sie fand, es wäre keineswegs nötig gewesen, daß sie jetzt so allein daheim säße, während ihr Bob die interessantesten Dinge erlebte. Warum in aller Welt sollte der Schimpanse sich vor ihr fürchten, wenn er sich nicht vor Bob fürchtete? Das war doch Unsinn gewesen, was der dumme Vogel gesagt hatte. Und wenn Bob nur ernstlich gewollt hätte, dann hätte sich der Schimpanse schon ihre Anwesenheit bei der Schlangentötung gefallen lassen müssen. Denn Bob war doch wahrlich der König, und stärker als der alte, häßliche Schimpanse war er doch ganz gewiß.

Aber Frau Bobs Ärger war wie weggeblasen, als sie plötzlich Bob mit Rackertüg auf dem Rücken ankommen sah. Und auch Bob vergaß die argen Gedanken, die ihn beschäftigten, als er sein liebes Weibchen wiedersah.

Er erzählte mit großer Lebhaftigkeit von seinen und Rackertügs gemeinsamen Erlebnissen und redete großartig, als sei schon die ganze Insel von den Schlangen befreit. »Denk nur, wenn alle Meerkatzen helfen!«

Rackertüg war von Bobs Nacken heruntergesprungen und saß bald darauf inmitten eines großen Kreises von Meerkatzen hoch oben in einer breitästigen Akazie und erzählte mit lebhaften Handbewegungen. Die Affen sperrten erstaunt die Mäuler auf bei diesen unerhörten Geschichten, und einige tuschelten zusammen, als wollten sie sagen: Na, der versteht das Aufschneiden!

Da drang ein Ruf Bobs zu Rackertüg herauf. Wie der Blitz war der Affe unten und stand vor seinem Herrn und König. Bob fragte, ob Rackertüg sich noch ausruhen wolle. Wenn nicht, dann hätte er große Lust, gleich jetzt mit der Schlangenvertilgung den Anfang zu machen. Frau Bob sei auch schon sehr begierig auf Rackertügs Taten. Aber Rackertüg erklärte, daß eine so lebensgefährliche Sache doch wohl gründlicher vorbereitet werden müsse. Er werde – wie er das ja schon unterwegs gesagt habe – morgen noch einmal zu Bußemann gehen und unter dessen Augen den ersten Versuch machen. Mißlinge der Griff, dann könne wenigstens der Schimpanse zu Hilfe kommen. Hier sei ja keiner, der ihm helfen könnte.

»Na gut!« sagte Bob, »aber morgen abend ganz bestimmt!« Das versprach Rackertüg.

Bob machte noch einen langen Abendspaziergang mit seiner Frau. Es machte ihm eine grimmige Freude, als sie unzähligen Schlangen begegneten. »Wartet nur,« rief er ihnen zu, »wir werden mit euch schon fertig werden!«

In der Nähe des breiten Stromes sah er ein Dickicht, das ganz ähnlich aussah wie das, in dem Bußemann seine Schlangen gefunden hatte. »Paß mal auf!« sagte er zu seiner Frau, riß von einem Schlinggewächs ein Ende ab und stocherte damit in dem Buschwerk herum. Und richtig: ein halbes Dutzend von Schlangenköpfen hoben sich aus den Blättern und züngelten ihnen entgegen. Aber als sie Bob sahen, verschwanden sie sofort wieder. »Siehst du wohl!« sagte Bob, und seine Frau war voll Interesse.

Auf dem Heimweg nach der Lichtung war Bob sehr lustig. Und als der Abend kam, schritten Bob und seine Frau Rüssel in Rüssel am Flusse auf und ab und redeten von den Zeiten, wenn das Land nun auch von dieser letzten Plage befreit sein werde.

Rackertüg aber schlief in der Nacht recht schlecht. Wenn er gerade einschlafen wollte, dann sah er, wie eine Brillenschlange nach seinen Fingern schnappte statt nach dem Lianenende, das er ihr hinhielt. Und jedesmal schreckte er so sehr zusammen, daß er fast vom Baume fiel.

Der Morgen graute kaum, da war Rackertüg schon auf dem Wege zu Bußemanns Nest. Als er vor dem groben Lager aus abgerissenen Zweigen stand, da hörte er das Schnarchen des Schimpansen so laut, als rieben sich zwei Baumstämme im Sturm aneinander. Rackertüg kletterte am Baum hinauf, setzte sich Bußemann gegenüber auf einen Ast und verwandte kein Auge von dem Schlafenden. Endlich wachte Bußemann auf und sah Rackertüg aus seinen kleinen verschlafenen Augen erstaunt an.

Und nach einer Weile brummte er: »Was willst denn du schon wieder?«

Da sagte Rackertüg sein Anliegen. Aber er sagte es mit zitternder Stimme, und als er den Namen der Schlangen aussprach, da sträubte sich ihm das Haar.

Bußemann sah ihn von der Seite an und antwortete nicht. Er griff mit seinen langen Armen über sich in den Baum und brach eine Brotfrucht herunter. In Gemütsruhe verzehrte er sie und sah dabei unverwandt den kleinen Affen an. Dann nahm er eine zweite Frucht und warf sie Rackertüg zu. Rackertüg dankte. Er habe schon gefrühstückt.

Langsam stieg Butzemann vom Baum herab und sprang in kurzen Sätzen in den Wald hinein. Rackertüg blieb ihm auf den Fersen.

Bei einer Gruppe von dicken Stauden, die aus einer Orchideenwildnis herauswuchsen, hielt Bußemann seinen Lauf an, riß eine Liane vom nächsten Baum, hing sie Rackertüg um den Hals und sagte dumpf: »Nun los! Da drinnen werden schon einige sein.«

Aber Rackertüg tat einen Schritt rückwärts und sah Bußemann mit einer namenlosen Angst an, und seine Zähne klapperten zusammen.

»Ach was!« sagte Bußemann. »Das ist Unsinn! Die Sache ist ganz ungefährlich. Sieh so!« und er riß ein zweites Lianentau ab und stieß zwischen die Stauden. Und es wiederholte sich alles vom Tage vorher.

Nur Rackertüg war plötzlich verschwunden. Und als Bußemann die Schlange in den Strom geworfen hatte und sich wieder nach der Meerkatze umsah, da saß sie in einem Baum und zitterte an allen Gliedern.

Bußemann zuckte die Achseln und wollte fortgehen, ohne sich weiter um Rackertüg zu kümmern; aber da fiel ihm ein, daß er Bob versprochen hatte, seine Kunst den Meerkatzen beizubringen. Er setzte sich gegen einen Baumstamm, rieb sich den Rücken und betrachtete seine kurzen, dicken Daumen. Dann winkte er der Meerkatze und ging ihr langsam entgegen.

Rackertüg stieg von seinem Baum herunter und kam näher. Er schämte sich vor Bußemann, und er gab sich innerlich das Versprechen, sich nicht mehr zu fürchten.

Als die beiden einander gegenüber standen, sagte Bußemann: »Hast du deine Hände nicht eingerieben?«

»Wie sagst du?« sagte Rackertüg.

»Ob du deine Hände nicht mit einer Orchideenblüte eingerieben hast?«

»Nein!« sagte Rackertüg erstaunt.

»Ja, aber« – sagte Bußemann – »das ist doch selbstverständlich. Das muß man immer tun. Dann ist man unverwundbar. Wißt ihr denn das nicht?«

»Nein,« sagte Rackertüg, »davon habe ich noch nie gehört.«

Bußemann schüttelte den Kopf, als müsse er sich sehr über den Unverstand der Meerkatzen wundern; dann sprang er zu den Orchideen hin und pflückte ein paar Blüten ab. Er lief zu Rackertüg zurück, zerdrückte die Blüten und verrieb den köstlich duftenden Saft auf Rackertügs kleinen Händen. Der sah erstaunt zu; dann sagte er: »Ich habe aber gar nicht gesehen, daß du dich gestern und heute eingerieben hast.«

»Nein,« sagte Bußemann und lachte wieder, »ich hab's auch nicht mehr nötig. Wenn man sich so viele Jahre lang mit dem Zeug eingerieben hat, dann sind die Hände für immer fest.«

Das leuchtete Rackertüg ein. Er sprang selbst zu den Orchideen hin, rupfte sich eine ganze Handvoll ab und rieb sich damit die Hände und Arme und schließlich auch das Gesicht und die Brust ein.

Bußemann hatte sich niedergesetzt und sah Rackertüg zu; und es sah aus, als wenn sein breites Maul noch breiter sei als sonst.

Endlich war Rackertüg fertig. Er reckte sich auf und sagte: »So, nun will ich's versuchen.«

Er nahm das Lianenende, streckte es in den Busch hinein und fuhr ganz mutig damit hin und her.

Aber es zeigte sich keine Schlange. Bußemann sagte, das komme häufig vor; sie seien hier eben schon sehr selten geworden. Und sie gingen weiter auf die Schlangensuche.

Ganz dicht am Ufer stieß Rackertüg auf die erste Schlange. Als sie sich hoch aufrichtete, erschien sie größer als die Meerkatze. Aber Rackertüg kannte keine Furcht mehr. Er stieß ihr mit der Schlingpflanze so kräftig gegen den Kopf, daß sie sich weit nach hinten biegen mußte und mit wütendem Zischen in das grüne Holz biß. Schnell sprang Rackertüg im Bogen in die Höhe und griff nach dem Nacken der Schlange. Einen Augenblick wand sich die Schlange unter ihm, dann lag sie steif wie ein Stock auf dem Boden.

»Das hast du gut gemacht!« sagte Bußemann, und Rackertüg strahlte im Siegerstolz. Dann wickelte er die Liane um den steifen Schlangenkörper und schleppte ihn hinter sich her ans Ufer. Ins Wasser aber mußte ihn Bußemann werfen; denn die Schlange war für Rackertügs Kräfte doch zu schwer.

Und nun half es Bußemann nichts. Er mußte mit Rackertüg im Walde umherziehen, bis der kleine Kerl eine zweite und dann noch eine dritte Schlange aufgetrieben hatte und beide im Strome abwärts schwammen nach dem fernen Meere. Jedesmal aber vor einem neuen Kampf rieb sich Rackertüg von oben bis unten mit Orchideen ein.

Als Rackertüg von Butzemann Abschied nehmen wollte, hörte er ein helles Trompeten im Walde.

»Das ist König Bob,« sagte er zum Schimpansen und spähte durch die Bäume. Und da kam auch schon durch den hochstämmigen Wald Bob herangetrabt. Ihm war die Zeit des Wartens lang geworden, und er hatte beschlossen, sich an Ort und Stelle über Rackertügs Heldentaten zu unterrichten.

Strahlend vor Stolz und Glück sprang Rackertüg in den nächsten Baum und sauste seinem König durch die Äste entgegen. – Dann saß er zwischen Bobs Ohren und berichtete von seinen Großtaten. Von der Angst am Morgen aber sagte er nichts.

Bußemann empfing Bob vor seinem Affenbrotbaum. Er lobte Rackertüg sehr und sagte, der könne die andern Meerkatzen jetzt ebenso gut im Schlangengriff unterrichten wie Bußemann selbst.

Als Rackertüg das hörte, sprang er von Bob herab und rannte in den Wald hinein. Bob blickte ihm erstaunt nach. Bußemann aber lachte und sagte: »Er holt sich noch Orchideen.«

»Orchideen? Wozu das?« fragte Bob.

»Weil ich ihm gesagt habe, ihr Saft mache unverwundbar.«

»Macht er denn wirklich unverwundbar?« fragte Bob.

»Bewahre! aber der Glaube hat ihm Mut gemacht, und den Mut brauchte er sehr notwendig; darum sagte ich's ihm.«

Bob sah bewundernd auf den Schimpansen und sagte: »Du bist der Weiseste im Urwald! Und da du nicht zu uns kommen willst, so werde ich immer zu dir kommen, wenn ich mir selbst nicht zu raten weiß.«

Bußemann nickte mit seinem blassen Gesicht, als wäre das eigentlich ganz selbstverständlich.

Da kam Rackertüg zurück und hielt in der Hand einen ganzen Busch Orchideen.

»Was willst du damit?« fragte Butzemann.

»Ich will sie mitnehmen, um sie meinen Leuten zu zeigen.«

Bußemann lachte und sagte: »Die gibt es ja auch bei euch!«

»Ja,« sagte Rackertüg, »das weiß ich wohl; aber es gibt auch andere Arten. Und damit meine Leute die richtige schneller finden, nehme ich die paar Stengel mit.«

Damit schwang er sich auf Bobs Rücken.

Bob und Rackertüg dankten dem Schimpansen nochmals von ganzem Herzen; dann sagten sie ihm »Auf Wiedersehen!« Und Bob trabte mit dem stolzen kleinen Schlangentöter in den Wald hinein.

In den nächsten Tagen konnte man am Rande des breiten Stromes immer einige Meerkatzen stehen sehen, die sich mit kleinen und großen Brillenschlangen abschleppten, sie gehörig beschwerten und dann ins Meer warfen. Bisweilen mußten mehrere zusammen an einer schleppen, wenn sie gar zu groß war. Aber sie seufzten nicht unter solcher Last, sondern sie waren lustiger dabei als nur je bei einem Spiel auf der Waldwiese. Rackertüg war bald hier, bald dort, befahl seinen Leuten und half, wo es nötig war, als habe er sein ganzes Leben lang nichts anderes getan als Schlangen getötet.

Bald jubelten auch alle Vögel der Insel, daß die Schlangen seltener würden; und wenn Bob mit seiner Frau durch den Wald ging, dann mußten sie schon gehörig suchen, wenn sie eine Brillenschlange zu Gesicht bekommen wollten.

Urwaldglück

Bob fühlte sich immer glücklicher in seinem Reich. Am glücklichsten aber war er, als Frau Bob ihm an einem schönen Tage einen entzückenden kleinen Bob bescherte und als alle Tiere der Insel wieder einmal ihre Abgesandten schickten, ihm und seiner Frau Glück zu wünschen. Nur der Schimpanse ließ nichts von sich hören.

Aber dessen Glückwunsch holte sich Bob selbst, als der kleine Bob so weit war, daß er zwischen den vier Beinen seines Vaters traben konnte, ohne daß seine Mutter vor Angst verging. Frau Bob meinte zwar, es sei gar nicht nötig, dem alten scheußlichen Affen so um den Bart zu gehen; aber Bob sagte, man könne nicht aufmerksam genug gegen gute Freunde sein und man könne nie wissen, ob man nicht den guten Rat Bußemanns einmal wieder sehr notwendig brauche. »Und überhaupt,« so sagte Bob, »niemandem in der Welt bin ich soviel Dank schuldig – von dir natürlich abgesehen, liebe Frau – als dem Schuhschnabel und Bußemann. Und weil ich dem weisen Schuhschnabel nun doch einmal nicht meinen Dank beweisen kann, so will ich dem andern um so dankbarer sein. Denn weißt du, ohne Bußemanns Schlangengriff wäre es schlimmer und schlimmer auf der Insel geworden, und wir wären nie so glücklich geworden.«

So konnte Mutter Bob denn nichts anderes tun, als bis über den Sumpf hinüber mitgehen und von dort aus den beiden nachsehen. Sie mußte im Herzen lachen, als sie sah, wie vorsichtig Vater Bob mit gesperrten Beinen lief, um nur ja nicht auf den kleinen Kerl zu treten, der tapfer unter seinem Leibe mitlief. Vater Bob war gewiß klüger und geschickter als sie, aber das machte sie doch wirklich besser.

Der Schimpanse knurrte nur ein wenig, als Bob seinen Sohn vorstellte, und sagte kein Wort von guten Wünschen und wunderte sich nicht einmal, wie groß und stark der Junge war und wie weich und zart die schöne, glatte Haut.

Als Bob mit seinem Sohne wieder forttrabte, war er etwas ärgerlich; aber als er es seiner Frau erzählt hatte und die weidlich auf den dummen alten Ekel schalt, da suchte er ihn doch zu entschuldigen und sagte, man könne doch eigentlich von einem eingefleischten Junggesellen kein Verständnis für Kinder verlangen.

Aber die Stimmung war ihm und seiner Frau doch recht verdorben. Nur der kleine Bob, der jetzt behaglich unter seiner Mutter mitlief, war seelenvergnügt und schwenkte seinen kleinen Rüssel und seinen kleinen Schwanz gar lustig hin und her.

Wie sie so miteinander dahintrabten, dachte Bob darüber nach, was er wohl tun könne, um seine Frau wieder vergnügt zu machen. Da fiel ihm ein, daß ihr Weg bei dem neuen Lehmnest seines Freundes Knieptang vorbeiführe. Knieptang hatte seiner Frau nämlich ein neues Nest bauen müssen, weil sie erklärte, nun und nimmer in dem Neste Junge ausbrüten zu können, in dem sie einmal die Schrecken des Todes durchgemacht hätte. Und vor kurzem hatte Frau Knieptang ihren Gatten wieder einmal mit sechs allerliebsten kleinen Knieptangs beschenkt. Bob hatte sie gestern im Vorbeilaufen gesehen und ihnen sogar auf dem Heimweg einen Büschel roter Beeren ins Nest gelegt und sich sehr darüber gewundert, wie groß die Küken schon waren. Nun kam ihm der Gedanke, daß Knieptangs, die Eltern, gewiß nichts dagegen haben würden, wenn er die ganze Gesellschaft mit auf die Lichtung nähme und sie alle zusammen einen vergnügten Nachmittag verlebten. Die Kleinen waren ja fast schon flügge. Da konnte doch wirklich nichts Schlimmes passieren.

Was würde das dem lustigen kleinen Bob für einen Spaß machen! Und wenn Mutter Bob ihren Jungen so recht übermütig sähe, dann würde aller Ärger schnell vergessen sein.

Ganz glücklich über seinen guten Gedanken trabte Bob in immer längeren Schritten und hörte es gar nicht, wie Frau Bob ihm ärgerlich nachrief: wenn's ihm so eile, nach Hause zu kommen, dann möge er nur allein laufen.

Als Vater Bob bei dem hohlen Baum der Knieptangs angekommen war, streckte er den Rüssel hinauf zum Nest und fragte, ob die Knieptangs mitkommen wollten, um auf der Lichtung mit dem kleinen Bob zu spielen. Und alle sechs kleinen Knieptangs rissen die Schnäbel auf und schrien aus Leibeskräften: »Ja!« Mutter Knieptang kam zuerst etwas verängstigt hinter den Kleinen her, denn sie fürchtete, sie könnten aus dem Neste fallen; aber als sie Bob sah, strahlten ihre Augen vor Glück und Freude. Und ehe sie ihm auf seine Frage antwortete, erkundigte sie sich mit großem Interesse nach dem kleinen Bob und nach seiner verehrten Frau Mutter. Da erst merkte Bob, daß seine Familie ihm nicht gefolgt war. Aber wie er sich umblickte, sah er zwischen den Stämmen Mutter und Sohn gemächlich herantraben. »O,« sagte er, »denen geht's sehr gut.« Und er fragte nochmal, ob die Knieptangs mitkommen wollten. Da verbeugte sich Frau Knieptang und sagte, daß sei sehr viel Ehre, und sie würden mit Vergnügen mitkommen, aber die Kleinen könnten wirklich noch nicht fliegen.

»I was,« sagte Bob, »das schadet gar nichts, das sollen sie ja gerade lernen.« Und als jetzt Frau Bob mit dem Jungen herangekommen war und vor dem Neste stehen blieb, da nahm Vater Bob mit seinem Rüssel ein Junges nach dem andern aus dem Nest und setzte sie alle sechs auf den breiten Rücken von Mutter Bob.

Vater Knieptang hatte das alles von seinem Ausguck auf dem Baumgipfel ruhig mit angesehen. Jetzt kam er aber doch heruntergeflogen, begrüßte die Bobfamilie und sagte, man möge nur recht vorsichtig mit den kleinen Knieptangs sein, denn sie könnten wirklich noch nicht fliegen.

Endlich aber waren die beiden Eltern Knieptang doch beruhigt, und es ging gemeinsam fort zur Lichtung.

Vater und Mutter Knieptang flatterten ängstlich zur Seite Frau Bobs; aber es passierte nichts, obgleich die kleinen Knieptangs mehrmals ins Rutschen kamen.

Auf der Lichtung war man sehr vergnügt. Vater Bob setzte die Küken auf die langen Taue der Schlinggewächse und schwenkte die Schaukel leise hin und her und freute sich unbändig, wenn die kleinen Dingerchen ängstlich mit ihren kurzen Flügeln flatterten und sich krampfhaft mit den Krallen und mit ihrem großen Schnabel festzuhalten suchten. Ein wahres Freudengeheul aber stieß er aus, wenn die jungen Knieptangs Hals über Kopf in das Buschgras der Lichtung kollerten. Dann mußte der kleine Bob sie immer wieder aus dem Grase heraussuchen, und Mutter Bob brachte ihm bei, wie man es machen müsse, um den zarten Vögelchen nicht weh zu tun, wenn man sie mit dem Rüssel aufhob.

Zuerst war Mutter Knieptang sehr ängstlich und fand in ihrem Herzen alles, was die Bobs mit ihren Kindern machten, ein wenig grausam; aber – da ihr Gatte ihr immer zuflüsterte, es habe wirklich nichts auf sich, und da sie sah, daß die Kleinen selbst lustig und guter Dinge waren, fand sie sich allmählich in die ungewohnte Lage. Ganz stolz aber fühlte sie sich, als auf einmal eins ihrer Kinder von dem geschwungenen Lianenstrick wegflog und sich ganz keck auf den nächsten Ast setzte. Und Vater Knieptang schlug vernehmlich mit seinen Flügeln, als wollte er Beifall zu dieser ersten Heldentat seines Sohnes klatschen.

Es war wirklich ein wunderschöner Nachmittag. Bob war glückselig, daß die kleine Verstimmung von Mutter Bob verschwunden war, und vergaß ganz seine würdevolle, königlich-gemessene Haltung. Erst als gegen Abend Kruskopp mit einigen seiner Getreuen zum Bade kam, hörte er auf, mit seinem Sohn herumzutollen; und als der dicke alte Grotschnut den Fluß heraufgeschwommen kam, hielt Bob es doch für richtiger, den festlichen Tag abzuschließen. Heimwärts durften die kleinen Knieptangs auf dem Rücken des kleinen Bob reiten, einer hinter dem andern. Und der kleine Bob schritt sehr stolz mit den kleinen rutschenden Vögeln einher.

Als dann alle glücklich ins Nest gebracht waren, schieden die beiden Familien mit vielen Gutenacht-Wünschen voneinander. Der kleine Bob sah noch oftmals zurück, als er mit der Mutter und dem Vater in den Wald hineintrabte. Und in dieser Nacht träumte er von gar nichts anderem als von seinen winzigen Freunden und ihren krabbeligen kleinen Füßchen, die so komisch auf seinem Rücken herumgerutscht waren.

Ein schrecklicher Traum

Der kleine Bob wurde jeden Tag stärker und größer. Zwischen den vier Beinen seiner Mutter war bald kein Platz mehr für den großen Jungen, und Mutter Bob dachte schon mit Seufzen daran, daß es schwer sein werde, ihn noch länger festzuhalten, wenn es ihn einmal gelüsten sollte, sich allein im Walde umherzutreiben.

Da kam eines Tages Bußemann zu Bobs, zum erstenmal in ihrem Leben.

Vater Bob war sehr erstaunt und begriff nicht recht, was den Schimpansen zu einem so ungewöhnlichen Tun veranlassen konnte. Es war auch nichts Rechtes aus Bußemann herauszubringen. Er führte krause Reden, die Bob nicht verstand und die Frau Bob unheimlich waren. Er meinte, es sei gut, zusammenzuhalten, wenn man doch nicht allein bleiben könnte, und es sei ein Unsinn, sich gegen die Dinge aufzulehnen, die nun doch einmal kommen müßten, und was der wunderlichen Worte mehr waren.

Bob schüttelte einmal über das andere den Kopf. Und als Bußemann ging, da sagte er zu seiner Frau: es sei doch merkwürdig, daß kein Tier auf die Dauer das Alleinsein vertrage; der Schimpanse sei doch wirklich drauf und dran, überzuschnappen.

Mutter Bob meinte, der häßliche Affe habe ihr nie gefallen, jetzt aber sei er ihr entsetzlich. Er führe gewiß etwas Böses im Schilde. Denn für nichts und wieder nichts komme der alte Eigenbrödler gewiß nicht zu ihnen. Und dann fragte sie leise, damit es der kleine Bob nicht höre, ob Bob bemerkt habe, wie Bußemann immerfort den Jungen betrachtet habe. Da lachte Bob nun wieder in sich hinein und sagte, das wäre doch nichts Schlimmes; das müsse doch jeder tun, der Augen im Kopfe habe.

Aber Mutter Bob blieb der Besuch sehr unheimlich, und sie mußte noch lange an die merkwürdigen Augen denken, mit denen Bußemann ihren Jungen betrachtet hatte.

Inzwischen kam wieder einmal die Regenzeit, und sie ging langsam zu Ende. Der ganze Urwald lag wie in einem Dampfbad. Dichte, nasse Schleier hüllten die Kronen der Bäume ein und stiegen von den Tiefen auf, und von allen Ästen und Schlingketten tropfte es leise zum Boden herunter.

Und dann kamen wieder die ersten heißen Tage. Der kleine Bob war nicht mehr zurückzuhalten und machte seine eigenen Entdeckungsreisen durch den Wald. Die Mutter kam in der ersten Zeit gar nicht aus der Angst heraus, wenn er schon frühmorgens auf und davon war und den ganzen Tag nicht nach Hause kam. Bob aber sagte, daß sei nun mal so. Der Junge sei doch auch groß genug, um allein gehen zu können. Und es gebe doch auch auf der ganzen Insel kein Tier, das ihm etwas tun würde.

Frau Bob schwieg, aber sie mußte immer an den greulichen Schimpansen denken.

Der aber saß oft tagelang mit dem jungen Bob zusammen und erzählte ihm die wunderschönsten Geschichten von einem Negerdorf und von der List und Tücke der schwarzen Bewohner, von wilden Kämpfen und seltsamen Abenteuern. Und der junge Bob bekam bisweilen Lust, auch einmal hinauszuziehen zu Kampf und Streit mit den Negern; dann aber freute er sich wieder, daß sie so behaglich allein auf der friedlichen Insel seien.

Wenn er aber so etwas laut sagte, dann lachte Bußemann höhnisch auf. Und einmal sagte der alte Schimpanse sogar: »Kommen werden sie doch! Es kann noch lange dauern, aber kommen werden sie sicher. Und wenn sie kommen, dann werden sie mich und die meisten andern in Frieden lassen. Aber dich werden sie mitnehmen!«

Da erschrak der junge Bob sehr, und er beschloß, das Wort seinem Vater zu erzählen. Aber als er daheim angekommen war und eben gesagt hatte, daß er beim Schimpansen gewesen sei, da hagelte ein solcher Zornausbruch der Mutter auf den Jungen herab, daß er gar nicht wagte, noch ein Wort zu sagen.

Seit dem Tage ging er nicht mehr zu Bußemann; aber er wurde die Worte »dich werden sie mitnehmen« nicht mehr aus seinen Ohren los, und in seinem Herzen erwuchs eine ungewisse Angst.

Und es war doch die schönste Zeit im Jahre. Durch die ganze Insel ging es wie ein Jubilieren, sobald die Sonne aufstand. Es war wie ein stilles Jauchzen in der Luft. Auch die guten Knieptangs waren wieder einmal selig, und sie träumten von neuen fröhlichen Nachmittagen auf der Lichtung mit der Bobfamilie und mit den neuen kleinen Knieptangs.

Aber in einer schönen, milden Nacht hatte Knieptang einen schrecklichen Traum. Er hatte nicht fern von dem Neste der Knieptangs gesessen und war schon früh in einen tiefen Schlaf gefallen. Als er aber am Morgen erwachte, blickte er mit seinen roten Augen ängstlich auf den Fluß hinab und besonders auf die Stelle, wo die Bobfamilie jeden Abend zu baden pflegte. Seine Flügel rauschten so stark, daß seine Frau aufwachte und ganz erstaunt aus ihrem Lehmnest heraussah. Sie hatten es diesmal ganz nahe der Lichtung eingerichtet, und Frau Knieptang freute sich täglich, daß sie auf ihren Eiern liegen und doch wenigstens etwas von dem Leben und Treiben auf der Lichtung sehen konnte. Sie mußte aber heute den Kopf weit aus dem engen Futterloch der Lehmwand hinausrecken, um den Gatten sehen zu können.

Er mußte wirklich recht aufgeregt sein, denn er schlug mit seinen Flügeln gewaltig die Luft. Frau Knieptang fing schon an, unruhig zu werden. Da setzte er sich zum Glück auf einen Ast, den sie ganz gut von ihrem Guckloch aus sehen konnte. Aber wie er dasaß! Den Kopf hatte er so weit zwischen die Flügel gezogen, daß sein schöner, roter Schnabel nur wie eine Nachtmütze aus den Federn hervorlugte. Von seinen Augen sah man überhaupt nichts mehr. Was er nur haben mochte?

Frau Knieptang wurde es sehr unbehaglich in ihrem engen Nest. Sie rutschte auf ihren Eiern hin und her und vergaß ganz, daß sie selbst schon oft jüngeren Vögeln gesagt hatte, daß es für die junge Brut sehr nachteilig sei, wenn die Eier beim Brüten aus ihrer Lage kämen.

Was sollte sie nur tun? Da fiel ihr plötzlich ein, daß die Frühstücksstunde schon da sein müsse und daß ihr Knieptang noch keine Beeren gebracht habe. Schnell schob sie den Schnabel durch das Futterloch und rief: »Guhak! Guhak!« Der Federhaufen auf dem Aste begann sich zu bewegen, und Vater Knieptang reckte seinen Hals und rief zurück: »Guhak!« Er suchte mit den Augen das Nest, und als er sein Weib daraus hervorlugen sah, winkte er ihr zu, breitete die Flügel aus und flog auf die Beerensuche.

Frau Knieptang sah ihm noch einen Augenblick nach und lauschte; dann zog sie beruhigt den Kopf ins Nest hinein, denn Knieptangs Flügel machten jetzt nicht mehr Lärm als gewöhnlich. Und sie schalt sich, daß sie sich so habe aufregen lassen, und breitete die Flügel mit doppelter Sorgfalt über ihre fünf Eier.

Knieptang aber flog von einem Baum zum andern, bis er gefunden hatte, was er suchte. Auf dem Heimwege trug er eine ganze Traube der köstlichsten roten Beeren im Schnabel. Er flog sehr langsam und rastete mehr, als notwendig gewesen wäre, auf den Ästen; denn er dachte darüber nach, ob er seiner Frau den bösen Traum erzählen solle oder nicht. Es sprach ja vieles dagegen. Vor allem der Gedanke, daß seine Frau sehr erschrecken würde, und das durfte sie jetzt unter keinen Umständen. Jetzt, wo sie vor Aufregung gehütet werden mußte, solch ein Traum!

Und in Gedanken wiederholte er sich den Traum.

Es war gewesen wie damals im vorigen Jahre. Die Lehmwände des Nestes waren niedergerissen, und die ganze Höhle war zur Kinderstube geworden, und fünf niedliche Knieptangs wimmelten in ihr herum. Da kam wieder eines Tages die Bobfamilie, um die kleinen Knieptangs zum Spielen abzuholen. Und sie waren wieder einmal alle miteinander sehr lustig gewesen. Plötzlich stieß Vater Bob ein Geheul aus, wie man es noch niemals von ihm gehört hatte, und er hob die Vorderbeine, als wollte er einen Sprung tun. Aber er sank sofort auf die Knie. Denn seine beiden Hinterbeine waren durch ein mächtiges Schlinggewächs nach hinten gerissen. Im selben Augenblick blitzte es am Waldrande auf, als sei ein Gewitter zwischen den Stämmen der Bäume entstanden, und zwei von den Knieptangs wälzten sich in ihrem Blute. Auf die Lichtung aber rannten schwarze Affen heraus, die große Äste in den Händen trugen und ein wahnsinniges Geschrei ausstießen.

Da war Knieptang aus seinem Traum erwacht. Und nun preßte ihm die Angst das Herz zusammen. Er konnte sich gar nicht erinnern, jemals so deutlich geträumt zu haben, so unheimlich deutlich. Und das sollte er nun alles in seinem Herzen verschließen?

Ein Seufzer stieg aus seiner Brust, und unwillkürlich öffnete er den Schnabel. Da fiel die Beerentraube hinab und versank in eine Wildnis von Orchideen.

Erschreckt blickten die roten Augen in die Tiefe, und Knieptang setzte sich eilig auf einen Ast, um zu überlegen, was er nun tun solle. Da horte er in seiner Nähe laut und ängstlich rufen: »Guhak! Guhak!« Wie er sich umsah, bemerkte er, daß ein paar Bäume weiter der hohle Baum mit dem Neste der Knieptangs stand. Das Futterloch konnte er von hier aus nicht sehen, aber er sah noch die letzte rote Spitze des Schnabels seiner Frau auf- und zuschnappen.

Eilig flog er zum Neste hin und sagte seiner Frau, daß er eben die schönsten Beeren verloren habe, daß er aber sofort andere und noch viel schönere holen wolle. Aber davon wollte Frau Knieptang nichts wissen. Er solle jetzt mal dableiben. Zu essen habe sie noch genug. Vater Bob habe ihr erst gestern abend wundervolle Beeren durchs Futterloch hineingeworfen, von denen sei noch da. Jetzt wolle sie aber erst einmal wissen, was denn eigentlich los sei.

Knieptang sah, so gut es durch die schmale Öffnung des Futterloches ging, seine Frau an. Und als er sie da so auf den Eiern sitzen sah, in recht jämmerlicher Verfassung und fast ohne Federn, da packte ihn das Mitleid, und er beschloß, von seinem Traume nichts zu verraten. So antwortete er denn, er wisse von nichts. Da wurde Frau Knieptang ärgerlich und sagte, ob er vielleicht glaube, daß sie in ihrem Nest auch die Augen verloren habe. Es sei schon schlimm genug, daß man seine Federn in dem schrecklichen dumpfigen Nest lassen müsse. Aber ihre Augen seien noch gut und ihre Ohren auch. Und sie hätte es wohl gehört, wie Knieptangs Flügel geklappert hätten, als er über der Lichtung hin und her geflogen sei. – Und dann habe sie ihn da drüben auf dem Baume sitzen sehen. Ach, du lieber Gott! Man hätte ihm am liebsten etwas geschenkt, so erbärmlich habe er ausgesehen. Und das müsse doch einen Grund haben!

Knieptang versuchte zuerst, sich darauf herauszureden, daß ihr befinden und ihr Aussehen ihn besorgt gemacht habe: aber sie glaubte ihm nicht und bestand darauf, daß sie als seine rechtmäßige Ehefrau das Recht habe, zu wissen, was ihn so aufrege.

Endlich erzählte er seinen Traum, seine Frau sah ihn mit gespanntester Aufmerksamkeit an, und als er zum Schlusse kam, da funkelten ihre roten Augen wie zwei geschliffene Rubine.

Lange hielt sie ihren Schnabel fest zusammengepreßt, dann aber öffnete sie ihn und stieß ein langes, unendlich trauriges »Guhak!« aus.

Knieptang nickte stumm und sah kummervoll auf sein armes Weib, das in rührender Zärtlichkeit die gerupften Flügel enger um die Eier legte.

Und in der Sorge für sie und die zukünftigen Kleinen kehrten ihm Mut und Selbstbewußtsein zurück. Schließlich war doch er das Familienoberhaupt, und somit hatte er die Pflicht, in allen Stürmen des Lebens den Kopf oben zu behalten.

Er versuchte den Hals zu recken und wieder ruhig und würdevoll auszusehen. Dann sagte er – aber seine Stimme zitterte noch ein wenig –, daß der Traum doch immerhin nur ein Traum sei und daß es vor allen Dingen noch gute Weile habe, bis die kleinen Knieptangs soweit seien. Deshalb sei eigentlich gar kein Grund zur Beunruhigung vorhanden. – Je länger er sprach, desto sicherer fühlte er sich, und schließlich begriff er gar nicht, daß so ein törichter Traum ihn überhaupt habe aufregen können. Er versuchte sogar, seine Angst lächerlich zu machen. Frau Knieptang aber war nicht so schnell zu beruhigen, sie meinte, daß mit solchen Träumen doch nicht zu spaßen sei, und sie bat ihren Gatten dringend, heute abend, wenn Vater Bob zum Bade käme, ihm alles zu erzählen. Vorsicht könne niemals schaden.

Das versprach Knieptang. Dann brachte er das Gespräch auf andere Dinge. Er erklärte seiner lieben Frau zum hundertsten Male, daß die Einkerkerung der Hornvogelmütter während der Brutzeit doch nur aus Vorsicht gegen die Schlangen geschehe, sie seien ja seltener geworden, aber ganz auszurotten sei das Gezücht doch wohl kaum. Auf alle Fälle schade die Vorsicht gewiß nicht. Und er sagte, es tue ihm unendlich leid, daß sie dabei ihre schönen Federn verlieren müsse, aber schließlich wäre die arge Zeit ja bald herum, und dann würde sie die schönsten neuen Federn erhalten, so daß er neben ihr ganz schäbig aussehen werde.

Endlich hatte Frau Knieptang den Kopf zwischen die Flügel geschoben und war eingeschlafen.

Knieptang erhob sich von dem Ast vor dem Guckloch und flog, so leise er nur konnte, auf den nächsten Baum und dann vorsichtig weiter auf seinen Ausguckplatz an der Lichtung.

Wie er da saß, sah er würdevoll und ruhig vor sich hin. Er freute sich, daß er nun doch gesprochen, und freute sich, daß sein Herz wieder ganz gemächlich schlug.

Tiefster Friede lag auf der Lichtung. Die Bäume am Rande knarrten leise wie im Schlafe, und die Schlinggewächse schlenkerten hin und her und knirschten gegen die Baumrinde, so oft eine Meerkatze auf ihnen herumsprang. Aus dem Urwald klangen einzelne Vogelrufe und hin und wieder das behagliche Grunzen von Pinselschweinen. sonst war es still wie in einem verzauberten Walde.

Knieptang saß Stunde um Stunde. Er dachte an die Zeit, wenn die kleinen Knieptangs aus den Eiern gekrochen sein würden. Dann wollte er wieder die Lehmwände des Nestes mit seinem starken Schnabel zerschlagen und – sobald seiner Frau die Federn wieder gewachsen waren – mit ihr zusammen ausziehen und die Kinder fliegen lehren, sollte das eine lustige Zeit werden! Mit keinem Gedanken dachte er noch an den Traum der letzten Nacht.

Allmählich sank sein Kopf tiefer und tiefer zwischen die hochgezogenen Flügel, und die Augen wurden kleiner und kleiner.

Knieptang schlief ein. Und bald schliefen um ihn her die Meerkatzen und die Papageien und die Pinselschweine und alles, was da im Urwald lebte. Denn es war Mittag, und die Hitze war groß.

Die Bob-Falle

Plötzlich fuhr Knieptang aus dem Schlafe auf. Er hatte seltsame Geräusche und merkwürdige Schreie gehört, wie er sie noch niemals im Urwald vernommen.

Als er aus verschlafenen Augen umherblickte, sah er, daß ein Haufen von schwarzen Affen auf die Lichtung trat, ganz wie er es im Traum gesehen. Und es fuhr ihm durch den Kopf, wie gut es sei, daß die kleinen Knieptangs noch in den Eiern säßen und sein Weib in dem sicheren Lehmnest. Vorsichtig lugte er in die Tiefe. Da sah er, daß der Haufen der schwarzen Affen näher und näher kam und daß jeder einzelne wunderliche Äste in den Händen trug, die im Strahl der Sonne aufblitzten wie fließendes Wasser, was mochte das nur sein?

Ob es nicht das vernünftigste war, Bob von dieser seltsamen Einwanderung Mitteilung zu machen. Der wußte gewiß Rat.

Knieptang dehnte bereits die Flügel, um aufzufliegen, da sah er, wie die Zweifüßer stehen blieben und aufmerksam auf den zerstampften Boden sahen und wie sie dann mit lautem Geschrei dorthin liefen, wo die Bobs in den Fluß zu steigen pflegten.

Es dauerte nur einen Augenblick, da fingen die Schwarzen dort am Ufer an zu graben, gerade so, wie es Bob zu machen pflegte, wenn er mit seinen Hauern Erde aufwarf, was das nur sollte?

Kniepetang war sitzen geblieben und sah mit weit vorgerecktem Halse hinab, seine Neugier wuchs von Minute zu Minute. Und als da drunten ein großes, schwarzes Loch gähnte und die schwarzen Geschöpfe in das Loch hineinstiegen und immer noch weiter die Erde hinauswarfen, da kannte er sich nicht mehr bezwingen. Er mußte aus der Nähe sehen, was sie dort machten. Er schwang sich in die Luft und flog, so leise er konnte, näher, bis er direkt über dem Loche kreiste, wahrhaftig, da standen sie unten, daß ihre Körper nicht einmal über den Rand sehen konnten, und patschten im schwarzen Wasser umher. Dann krabbelten sie wieder aus der Tiefe heraus, rannten in den Wald und kamen nach einiger Zeit wieder mit dichten Zweigen und Schlinggewächsen und legten sie vorsichtig über die Grube, bis das schwarze Loch nicht mehr zu sehen war.

Da wurde es Knieptang unheimlich zu Mute. Er mußte denken, daß die Bobs ja jetzt gar nichts mehr von dem Loche sehen könnten, wenn sie am Abend zum Bade kämen, und daß sie sicher in die schwarze Tiefe stürzen würden, sobald sie auf die Zweige träten.

Und wie er das dachte, da vergaß er alle Vorsicht, und seine Flügel klapperten so laut, daß der Lärm bis zu den Grabenden hinunterdrang. Und plötzlich blitzte ein Feuerstrahl auf, und Knieptang fühlte, wie ihm der eine Flügel kraftlos herabsank und ein wilder Schmerz durch seinen Körper zuckte. Er stieß wütende Schreie aus, schlug mit dem gesunden Flügel wie rasend in die Luft und suchte einen Baum am Rande der Lichtung zu erreichen. Und es gelang ihm mit der äußersten Kraftanstrengung.

Als er erschöpft auf dem Aste saß, rastete er einen Augenblick mit fieberhaft klopfendem Herzen; dann hüpfte er ungeschickt weiter von Ast zu Ast, bis er völlig kraftlos bei dem Lehmnest seiner Frau ankam und wie ein Häufchen Elend auf dem Aste vor dem Futterloch zusammensank.

Frau Knieptang war durch den wilden Schrei ihres Gatten aus süßen Träumen geweckt worden und lugte angstvoll aus dem Fenster, als Knieptang herangehumpelt kam. was mochte nun da wieder passiert sein! Sie sah, wie ihm der eine Flügel lasch herabhing und wie ihn alle Kräfte verlassen hatten, schnell schlug sie mit ein paar kräftigen Schnabelhieben die Vorderwand des Nestes heraus, hob sich ein wenig von den Eiern empor, reckte den Kopf weit hinaus, packte mit ihrem starken Schnabel den gesunden Flügel Knieptangs und zog den Armen zu sich ins Nest herein.

Es dauerte lange, bis Knieptang ein Wort sagen konnte, seine Frau drang auch gar nicht in ihn. Sie untersuchte den zerschossenen Flügel, klappte ihn auf und zu und legte dann mit großer Vorsicht Lehm auf beide Seiten der Wunde, so daß kein Blutstropfen mehr hindurchsickern konnte. Darauf steckte sie dem Gatten den ganzen Rest der Beeren in den Schnabel, die ihr Vater Bob gestern geschenkt hatte. Und erst als sie merkte, daß Knieptang anfing, sich zu beruhigen, fragte sie ihn, was denn in aller Welt geschehen sei.

Als Knieptang seine Erlebnisse erzählt und die erste Aufregung und Empörung sich gelegt hatte, fiel Knieptang wieder ein, daß er Bob so schnell wie möglich von dem Vorgefallenen unterrichten müsse. Aber wie sollte man ihm eine Mitteilung zukommen lassen? Knieptang selbst konnte unmöglich in seinem jetzigen Zustande das Nest verlassen, und Mutter Knieptang mußte brüten. Und soweit man sehen konnte, waren alle Vögel wie verschwunden.

Knieptangs dachten hin und her, aber es wollte sich kein Rat finden. Da kam Frau Knieptang auf einen guten Gedanken: Vater Knieptang wäre nun doch einmal im Nest und dürfe es nicht verlassen; da könne er auch gleich für eine kurze Stunde das Geschäft des Brütens übernehmen. Sie würde dann inzwischen, so gut es gehe, auf dem Elefantenpfade der Bobfamilie entgegengehen; fliegen könne sie ja augenblicklich nicht, aber sie sei doch wenigstens sonst gesund.

Knieptang wollte zuerst gar nichts von dieser Ordnung der Dinge wissen; aber als die Zeit des Bades für die Bobs immer näher rückte, da setzte er sich brav auf die fünf Eier und ließ sich von seiner Frau die Flügel zurechtlegen.

Frau Knieptang reckte und streckte sich und putzte ein bißchen an ihrem ärmlichen Federstaat herum, dann kletterte sie aus dem Nest heraus und ließ sich vorsichtig an dem Stamm hinunter auf die Erde gleiten.

Als sie wohlbehalten unten angekommen war, blickte sie ängstlich nach allen Seiten. Aber da sie nichts von den Schlangen sah, von denen Knieptang erzählt hatte, so hüpfte sie auf dem breiten Pfade, den die Bobs getreten hatten, eilig tiefer in den Urwald hinein.

Es war ihr aber nicht sehr behaglich zu Mute. Da oben auf den Zweigen hüpfte es sich doch besser als hier unten zwischen Wurzelwerk und Gestrüpp und vermodertem Holz, was konnte sich da nicht alles verstecken! Ihre Augen fuhren rastlos umher, und ihre Ohren lauschten nach allen Seiten; aber sie hüpfte weiter und weiter, denn das war sie den Bobs schuldig.

Endlich hörte sie ein Schnaufen und Stampfen aus der Ferne. Das klang, als wenn die Bobs kämen. – schnell hüpfte sie auf die Seite und sprang auf eine hohe Wurzel am Wegesrand. Richtig, da kam der Vater Bob in ruhigem Trabe; aber er kam allein. – sofort begann Frau Knieptang aus Leibeskräften zu rufen: »Guhak! Guhak!« Und wirklich, Vater Bob blieb stehen und blickte erstaunt zu den Baumwipfeln hinauf.

Frau Knieptang hüpfte jetzt näher hinzu, ganz dicht vor die Füße Bobs, und schmetterte ordentlich ihr »Guhak! Guhak!« zu ihm hinauf. Endlich merkte Vater Bob, woher der Ruf kam, und blickte auf den Boden hinab.

Zuerst erkannte er seine kleine Freundin gar nicht, so heruntergekommen sah sie aus; dann aber wollte sein Erstaunen kein Ende nehmen, daß Frau Knieptang auf dem Urwaldspfade sitze, statt daheim auf ihren Eiern.

Als er aber gehört hatte, wie alles zusammenhänge, da rollte er den Rüssel auf, als rüste er sich zum Angriff, und aus seinem Maul stieg ein dumpfes, unheildrohendes Grollen. Also waren sie ihm doch nachgekommen, die Neger mit ihren fürchterlichen Blitzen. O, er wußte es wohl: das Loch, das sie dort gegraben, das sollte ihn fangen, ihn und seine Frau und seinen stolzen Jungen! O, dies schändliche Ungeziefer!

Und er streckte seinen Rüssel aus und hieb nach rechts und links in die Luft, als könnte er die Schläge auf die schwarzen Nacken niederfallen lassen.

Frau Knieptang sprang ängstlich zur Seite und begriff nicht, warum Bob gar nichts sage.

Aber plötzlich polterte er los, und seine Stimme klang rauh und hart vor Erregung. Und er rief, er wolle alle Tiere des Waldes zusammenrufen und auf diese scheußlichen Neger hetzen. Das sollte ein Rachezug werden für alles, was er einst erduldet. Und Bobs Füße stampften wütend den Erdboden, und seine Ohren schlugen zornig auf und nieder.

Frau Knieptang sah entsetzt zu ihm auf. So hatte sie den guten König Bob noch nie gesehen.

Ein großer Entschluß

Bob hob bereits den Rüssel, um den Kriegsruf auszustoßen und alles Volk des Waldes zusammenzublasen, da knackte es über ihm in den Zweigen, und plötzlich hing an einem langen Aste Rackertüg dicht vor den Augen Bobs. Mit einem großen Satze sprang der Affe auf den Rücken seines Königs; aber er zitterte so sehr am ganzen Leibe, daß er sich mit allen Vieren festklammerte und kein vernünftiges Wort sagen konnte.

Da fand Bob den Gleichmut seiner Seele wieder. Er war doch schließlich der König seines Reiches. Und Königen ziemt ein ruhiges Gleichmaß in allen Lagen des Lebens. Und er fragte mit einer gelassenen Stimme, in der nur noch leise der Groll nachzitterte: »Weißt du Neues, Rackertüg? Wenn du nur von den Schwarzen auf der Lichtung berichten willst, dann schweig nur. Ich weiß genug; und ehe die Sonne sich senkt, wird der letzte Schwarze in den Strom gejagt sein!«

»O, Herr, Herr!« hub Rackertüg mit bebender Stimme an. »Ich weiß nicht, von welchen Schwarzen du sprichst. Aber – Bußemann – weißt du, oben auf der Höhe – der redet auch von den Schwarzen und erzählt dem kleinen Bob, daß wir alle sterben müssen, und sagt, Bob, ich meine den kleinen Bob, solle mit ihm ins Wasser springen oder hinunter auf die Klippen, das – das wäre ein besserer Tod!«

König Bob drehte mit einem Ruck seinen Kopf nach hinten. »Was? Bußemann? Meinem Jungen?! Da soll doch – -« Und ohne sich einen Augenblick zu besinnen, raste Bob den wohlbekannten Weg zum Schimpansen hinan.

Frau Knieptang sah ihm mit angstvollen Augen nach; Rackertüg aber hielt sich krampfhaft an Bobs Nacken fest, um bei dem tollen Jagen nicht hinabzustürzen. Eine Weile noch horchte Mutter Knieptang auf das Krachen und Brechen der Äste, bis sie nichts mehr hören konnte; dann hüpfte sie nach Hause, und das Herz klopfte ihr zum Zerspringen. -

Als König Bob auf der Felsenlichtung ankam, hemmte er den raschen Lauf, schnell liefen seine Augen am Rande des Abgrunds hin.

Richtig, da standen die beiden! Bußemann stand unmittelbar neben dem Absturz und zerrte den kleinen Bob überredend am Rüssel und redete mit lauter Stimme auf ihn ein. In wenigen Sätzen stand Bob neben seinem Sohne, und sein Rüssel fiel mit scharfem Schlage auf den haarigen Arm Bußemanns, daß der entsetzt den Rüssel des Jungen losließ und sich mit fletschenden Zähnen umwandte.

Als er aber König Bob erkannte, senkte er sein Haupt und grollte: »Dann nicht! Ich hab' es gut mit euch gemeint!«

Bob hatte seinen Sohn so weit wie möglich vom Felsrand zurückgedrängt. Nun wandte er sich um, und sein Auge sprühte Blitze. »Gut gemeint? So! Wenn du meinen Sohn in den Tod schickst?!«

Bußemann rieb sich langsam den geschlagenen Arm. »Bob, welcher Tod ist besser, der in der Gefangenschaft oder der in der Freiheit?« Und ehe Bob antworten konnte, zeigte der Schimpanse hinunter auf den Strom. Unwillkürlich folgten die Augen Bobs dem zeigenden Finger. Und wie von Entsetzen gepackt, prallte er zurück. Da drunten in der Tiefe lagen wunderliche Bäume dicht beieinander, und auf ihnen kribbelte es von lauter schwarzen Gestalten wie in einem Haufen von Ameisen.

Bußemann sah mit finstern Augen auf Bob und nickte schweigend. Der kleine Bob aber trat neben seinen Vater und rieb still seinen Kopf an dessen schweren Beinen. Rackertüg hatte vor Angst und Schrecken die Augen geschlossen und hing wie ein hingeworfenes Bündel auf Bobs Nacken.

Endlich sagte Bußemann: »Siehst du, Bob, du kennst sie ja auch, die Neger. Ein Dutzend davon kann uns gefährlich werden, denn sie halten den Blitz in ihren Waffen gefangen. Aber hier ist es kein Dutzend, hier sind es Hunderte.«

»Und auf der Waldlichtung sind schon andere und bauen Werke, uns zu fangen und zu verderben,« antwortete Bob dumpf.

»Siehst du wohl, Bob! Vor Monaten kam das erste Boot mit ein paar Negern. Es fuhr gleich wieder fort; aber ich wußte gleich, daß viele, viele Neger folgen würden. Und ich wußte, daß es dann dem kleinen Bob gerade so gehen würde, wie es uns einst gegangen ist. Und deshalb ist es das beste, mutig zu sterben. Denn die Gefangenschaft ist doch schlimmer als der Tod? Nicht, Bob?«

»Ja, Bußemann,« sagte Bob und knirschte mit den Zähnen, »die Gefangenschaft ist allerdings schlimmer als der Tod!« Aber plötzlich reckte sich König Bob auf, und er rief mit lauter Stimme: »Aber feig ist es, vom Tode zu sprechen, solange man Kraft hat, zu kämpfen!«

Erstaunt blickte ihn Bußemann an. »Kraft zum Kämpfen? Kann man gegen das Feuer kämpfen?«

Bob stand stolz und ruhig da und sah fest in die Ferne. Langsam kam es von seinen Lippen: »Man kann viel, wenn man will. Und wenn wir einig sind -« Er löste den Blick von der Ferne und sah Bußemann ins Gesicht. »Bußemann, ich danke dir viel; aber ich möchte dir noch mehr danken, willst du mir noch treu dienen bis morgen abend, mir und meinem Hause? Ich will mit dir vereint in den Tod gehen, wenn ich bis morgen abend die Insel nicht von diesem schwarzen Schrecken befreit habe, ich und die Meinen; denn lieber sterben, als den Negern dienen. Aber heute noch hüte mir den Jungen; sorg, daß ihm kein Leides geschieht, und wenn es Nacht wird, führe ihn zur Mutter. Willst du das noch für mich tun?«

Bußemann nickte mit bekümmertem Gesicht, als wollte er sagen: Wozu die Qual noch verlängern? Aber er sagte: »Gut denn, bis morgen abend!«

König Bob strich seinem Sohn zärtlich über den Nacken, dann schob er ihn Bußemann hin. Und wie ein Sturm sauste er in den Wald hinein.

Plötzlich hielt er an, nahm mit seinem Rüssel Rackertüg vom Nacken und sagte: »Rackertüg, du warst immer ein tüchtiger Kerl. Ich muß mich auch heute auf dich verlassen. Laß deine Leute sich in weitem Rund als Posten um unsere Waldlichtung aufstellen. Sie dürfen keins unserer Tiere zur Waldlichtung durchlassen, kein einziges, hörst du wohl! Sag's auch den Papageien und wem du sonst willst. Sag jedem Tier, das zur Tränke gehen will, es ginge in den sicheren Tod. Und morgen früh sollen alle meines Kriegsrufs gewärtig sein.«

Rackertüg saß auf einem Ast und schaute mit großen Augen dem dahineilenden Bob nach. In ihn war eine merkwürdige Ruhe hineingekommen, seit Bob wieder sich selbst gefunden hatte, wenn er auch noch nicht recht begriff, was eigentlich vorging, so hatte er doch das beruhigende Gefühl, daß er und die ganze Insel in der besten Hut seien.

Während er noch so saß und über die Ereignisse des Tages nachdachte, hörte er in weiter Ferne Bobs Königsruf, wie stolz der klang! Nicht so fürchterlich durch Mark und Bein gehend wie damals der Kriegsruf vor der Königswahl, aber herrlich stark und mächtig.

In Gedanken sah Rackertüg, wie nun von links und rechts die Tiere herangetrabt kamen, um Bob zu begrüßen und nach seinen Befehlen zu fragen, was König Bob ihnen wohl sagen würde? Sicherlich auch, daß sie morgen der Kriegsruf wecken würde zu neuen, unerhörten Taten. Da klang wieder der Königsruf. Aber jetzt von einer ganz andern Seite, wie Bob rennen mußte! Warum er wohl nicht die Vögel zu seinen Boten machte? Wagte er es nicht, ihnen Geheimnisse anzuvertrauen? Oder war ihr Wort nicht gewichtig genug für so große Kunde?

Rackertüg ließ das Grübeln und schwang sich in großen Sätzen durch die Baumwipfel bis in die Nähe der Waldlichtung. Langsamer kroch er bis an den Waldsaum heran. Er konnte der Versuchung nicht widerstehen, auf den Platz hinabzuschauen, von dem Bob so unheimlich gesprochen hatte.

Vor Erstaunen wäre er fast vom Baume herabgefallen. Über dem Flusse saßen große schwarze Affen zu ganzen Haufen, und mitten auf dem Platze brannte eine große Glut, geradeso wie damals, als der Affenbrotbaum vom Blitz entzündet worden war. Eiligst sprang Rackertüg wieder in den Wald zurück.

Als er weit genug entfernt war, pfiff er leise. Und bald hörte man rechts und links in den Bäumen, in der Nähe und in der Ferne dasselbe leise Pfeifen. Und dann ein Springen und Schwingen durch die Äste und Zweige. Das ganze Volk der Meerkatzen kam herbei.

Neugierig saßen sie im Kreise. Rackertüg legte den Finger aufs Maul und gebot ihnen, nicht zu erschrecken und kein Geräusch zu machen. Er habe ihnen Wichtiges mitzuteilen. – Schweigend lauschten die Meerkatzen; aber ein Frösteln ging über ihre Glieder, als sie hörten, daß jeder sich den Tod holen würde, der heute abend auf die Waldwiese wolle.

Als die Nacht anbrach, saßen in einer weiten Postenkette die Meerkatzen rund um den verwunschenen Platz, und die Vögel flogen aufgeregt von einem zum andern, damit kein Tier zufällig durch den Ring hindurchschlüpfe, viele Tiere aber kamen gar nicht in die Nähe. So gut hatte Bob bereits für die Bekanntmachung des Negereinbruchs gesorgt.

Auf der Lichtung aber spazierten die Neger die halbe Nacht umher und begriffen nicht, warum kein einziges Tier zur Tränke kam. Die frischen Spuren zeigten doch deutlich, daß in der Nacht vorher Elefanten und Büffel und Pinselschweine in hellen Haufen dagewesen waren. Und da sie nichts Besseres zu tun fanden, tranken sie fleißig Palmwein, so fleißig, daß sie schließlich fast übereinanderfielen und in schwerem Schlafe liegen blieben, wohin sie gerade gefallen waren.

Der Tag der Vergeltung

Über die Kronen der Urwaldbäume fuhr der erste lichte Schein des Morgens. In den Tiefen war noch schwarze Nacht. Da klang durch die Stille ein mächtiger Ton. Erst scharf und schneidend wie der Wutschrei eines Raubtieres, dann prasselnd wie ein Donnerschlag. Entsetzt schreckte der eine und der andere der schlafenden Neger auf. Da kam noch einmal der gleiche Ton und dann noch einmal. Und das Mark zitterte den Schwarzen in den Knochen.

Dann aber war alles still. Und wie sie auch lauschten, sie hörten keinen Laut rund um die Lichtung. Da fielen ihnen die schweren Augenlider wieder zu, und sie schnarchten weiter mit allen ihren Gefährten.

Im Walde und auf den Grasfeldern aber ward es lebendig. Jedes der Tiere hatte Bobs Kriegsruf gehört, und leise und eilig schlichen die Pinselschweine und die Büffel, die Riedböcke und die Meerkatzen zum Stelldichein.

Und wieder geschah es wie damals vor dem Überfall der Raubtiere.

Auf einem weiten Felde ordneten sich die Heerscharen. Bob stand hoch und stolz aufgereckt vor der Front. Und als alles sich an seinen

Plätzen eingefunden hatte und die Vögel wie eine dichte Wolke über den Tieren kreisten, da sprach König Bob zu seinem Volk, weithin schallte seine eherne Stimme.

»Jahre des Friedens sind dem Kriegszug gefolgt, der uns zu Herren unserer schönen Insel gemacht hat. Und ich glaubte, es würde nie wieder nötig sein, den Kriegsruf zu blasen. Aber seit gestern ist wieder ein Feind auf unserer Insel. Und dieser Feind ist schlimmer als alle Raubtiere zusammen. Listiger ist er und blutdürstiger, wißt ihr noch, was ich euch nach der Königswahl von meiner Gefangenschaft erzählt habe? Nun, die mich damals gefangen hielten, die sind jetzt in unser Land eingefallen. Auf der Waldlichtung haben sie schon Gruben gegraben, um uns alle zu fangen, zu töten oder ins Elend zu schleppen. Auf gegen diesen ärgsten aller Feinde! Und mutig drauf und dran! Wenn wir in hellen Haufen aus dem Walde herausstürzen, dann wird er einen Schrecken kriegen wie damals die Raubtiere, und wenn er sieht, wie wir zu kämpfen wissen, dann wird er es nicht wagen, wieder zurückzukehren.«

»Ah, wir werden sie zu Boden rennen; wir werden sie aufspießen mit unsern Hörnern!« schrie der Häuptling der Schwarzbüffel, »keiner soll lebend davon! Und die Flußpferde sollen die Leiber der Elenden zerstampfen!« – »Ja, das sollen sie!« schrie es aus den aufgeregten Massen.

Da hob Bob den Rüssel hoch in die Höhe, und er rief: »Nein, das sollen sie nicht! Wir wollen unser schönes Land nicht mit dem Blut dieser Neger besudeln. Ins Wasser, in unsern mächtigen Strom wollen wir sie hineinjagen. Da mag jeder sehen, wie er davonkommt. Wiederkommen werden sie nicht, dafür steh ich ein. – Und nun vorwärts! Aber nehmt euch in acht vor den Gräben auf der Waldlichtung!« – Damit wandte sich Bob um und schritt hinein in den Wald. Und wieder folgten ihm die Büffel und die Riedböcke, und zu beiden Seiten drängten die Pinselschweine sich in dichten Reihen und trugen die Meerkatzen durch die dicht gestellten Räume.

Zuerst ging es langsam und vorsichtig weiter. Jeder fühlte, daß die äußerste Stille nötig sei, um den Feind zu überraschen. Dann ging es im kurzen Trabe bis dicht vor die Lichtung. Bob winkte zu halten, schritt allein bis zum Rande vor und spähte aufmerksam über die breite Wiese bis zum Flusse. Richtig, da lagen die Neger!

Und keiner rührte sich, wie leicht war's jetzt, sie ganz zu vernichten! Aber nein, er wollte kein Blut vergießen.

Leise schritt er hinaus ins Freie und blickte vorsichtig auf den Boden rings umher. Ah, da! O, wie schlau die Teufel das gemacht hatten! Da unter den dichten Zweigen waren die bösen Löcher, die Knieptang gesehen hatte. Also bis hierher durfte das Heer folgen, aber keinen Schritt weiter, wenn nicht Dutzende in die Tiefe stürzen und ihr Genick brechen sollten. Bob stellte sich dicht vor die Gruben, überblickte die Reihen der Schlafenden, wandte sich dem Walde zu und ließ noch einmal seinen furchtbaren Kriegsruf ertönen.

Die Neger schraken aus dem Schlafe auf und sprangen entsetzt auf die Beine; und im selben Augenblick brach aus dem Walde in wimmelnden Massen das Heer König Bobs.

Die Neger achteten gar nicht auf den Elefanten, der mitten unter ihnen stand! Sie starrten nur wie entgeistert auf die heranstürmenden, auf die berittenen Meerkatzen und auf die Büffel mit dem kreischenden Federbüschel zwischen den Hörnern. Und wie aus einem Munde drang ein Schrei des Entsetzens aus den Kehlen aller Neger, und dann stürmten sie wie wahnsinnig davon. Einige wollten sich in den Fluß stürzen, um das andere Ufer zu gewinnen. Aber in den Fluten wimmelte es von riesigen Flußpferden, die ihre gewaltigen Rachen gierig öffneten, so jagten sie denn alle am Ufer des Flusses entlang in den dichten Wald hinein.

Bobs Rüssel wies die Truppen zur Seite. So machten denn alle eine kurze Schwenkung und sausten glücklich an den Gräben vorbei hinter den Fliehenden her.

Einen Augenblick überlegte Bob, ob er den Seinen folgen und sich wieder an ihre Spitze setzen sollte. Aber nein; hier war seine Gegenwart nötiger, seine Getreuen wußten ja seinen Willen, sie würden von der Verfolgung nicht ablassen, bis der letzte Neger in den schwarzen Strom getrieben war.

Vorsichtig schritt Bob auf eine verdeckte Grube zu, hob mit dem Rüssel einen Zweig nach dem andern fort, bis das ganze finstere Erdloch deutlich zu sehen war, und schritt dann zu einer zweiten solchen Grube. Und so arbeitete er unermüdlich, damit keiner seines Volkes aus Unbedachtsamkeit in einen Abgrund stürzen könne, wenn es im Siegesjubel heimkehrte.

Befriedigt schaute er auf sein Werk; dann schritt er noch einmal an der ganzen Länge des Flusses entlang und betastete Schritt um Schritt den Boden; da hörte er es über sich in den Lüften rauschen. Wie er aufblickte, sah er einen großen Vogel mit schwerem Flügelschlage herabsinken. Und wie er schärfer hinsah, erkannte er den weisen Schuhschnabel, der ihm einst den Weg zu seinem Reiche gezeigt hatte.

Und dann stand Schuhschnabel auf seinen langen Beinen vor Bob, legte den großen Schnabel auf den vorgestreckten Kropf und sah ihn mit seinen klugen Augen wohlgefällig an. Bob pochte das Herz vor Freude. Am liebsten hätte er den Vogel mit seinem Rüssel an sich gedrückt; aber er fürchtete, ihm weh zu tun. So schwenkte er nur voller Jubel den Rüssel und rief: »Willkommen in meinem Reiche, weiser Vogel! Und Dank, ewig Dank dir, daß du mir den rechten Weg gezeigt!«

Gelassen nickte Schuhschnabel, soweit es der gewaltige Kropf zuließ, und sagte: »Daß es der rechte Weg war, Bob, das dankst du dir selbst. Ich habe dir nur von Ferne eine schöne Frucht gezeigt; du aber hast die rechten Schritte getan, um zu ihr zu gelangen, und hast sie mit sicherer Vorsicht gepflückt.«

Bob wollte etwas erwidern, aber Schuhschnabel fuhr schon fort: »Ich habe dein Tun aufmerksam verfolgt all die Jahre, ohne daß du es gemerkt hast. Und wie ich heute gesehen, daß du es sogar verstehst, dich der Neger zu erwehren, da habe ich beschlossen, meine Tage in deinem Reiche zu beenden. Hier finde ich die Ruhe für meine alten Tage, die ich brauche. Und ich kann endlich die Angst vor den Negern loswerden, die mich mein ganzes Leben geplagt hat. Darf ich bei dir bleiben, Bob?«

Bob war so ergriffen von Stolz und Glück, daß er nur sagen konnte: »O, wie dank' ich dir! O, wie dank' ich dir!«

In dem Augenblick hörte man aus dem Walde heraus tausend Stimmen der Freude und dann ein mächtiges Trampeln und Knacken. Und auf die Lichtung hinaus drängten sich die siegreichen Heerscharen. Bob schritt ihnen mit übervollem Herzen entgegen.

Und die Büffel und die Riedböcke, die Pinselschweine und die Meerkatzen umringten ihn, die Hornvögel und die Papageien flatterten zu seinen Häupten, und alle schrien und redeten mächtig durcheinander.

Da hob Bob den Rüssel. Und alles schwieg.

»Ich weiß alles, was ihr mir erzählen wollt,« begann Bob, »Ihr wollt mir erzählen, wie ihr den Feind ins Meer geworfen, wie die Zappelnden zu ihren Schwimmbäumen geschwommen sind und wie sie so schnell wie möglich den Fluß hinaufgezogen sind. Ich weiß es. Und ich danke euch herzlich für eure mutige Tat. Jetzt wißt ihr, wie ihr jedem Feinde begegnen könnt. Und sorglos könnt ihr in die Zukunft sehen, wenn ihr einig bleibt. – Nun aber hört! Eine zweite große Freude ist uns heute geworden. Entsinnt ihr euch, daß ich euch von einem weisen Vogel erzählte, der mir den Weg zu dieser Insel gewiesen? Seht, dort steht er! Und er will bei uns bleiben! Ehrt ihn als den Weisesten unter uns und liebt ihn als unsern besten Freund!« Bob trat an die Seite Schuhschnabels, und einer der Häuptlinge nach dem andern trat herzu und verneigte sich tief vor dem weisen Vogel.

Dann sprach König Bob: »Und nun seht dorthin! Das sind die Löcher, die der Feind gegraben hatte, um uns zu verderben. Mit Ästen, Laub und Gras hatte er sie verdeckt, damit wir ahnungslos hineintappen und in die Tiefe stürzen sollten. Nun seid flink: werft die Erde wieder in die Löcher hinein und die Zweige dazu und stampft den Boden wieder fest, daß nichts uns mehr an die Niedertracht der Neger erinnert! Und wenn ihr das getan habt, dann wollen wir den heutigen Tag feiern, wie wir einst den Königstag gefeiert haben.«

Neugierig lief alles zu den Gräben hin, und einer nach dem andern sah mit einem leisen Grausen in die Tiefe und überdachte, wie es hätte werden können, wenn König Bob nicht für sie gesorgt hätte. Und dann begann ein fleißiges Arbeiten.

Bob aber schritt mit dem alten Schuhschnabel langsam auf und ab unter dem Akazienbaum und erzählte von den Knieptangs, von Rackertüg, vom Schimpansen und von all den andern Tieren, die der Schuhschnabel jetzt kennen lernen mußte.

Und da fiel ihm ein, daß die Knieptangs gewiß noch voll Angst in ihrem Neste säßen. Er rief Rackertüg heran und trug ihm auf, den guten Knieptangs zu erzählen, wie gut alles abgelaufen sei, und einmal nach der Wunde des Vaters Knieptang zu sehen. »Und dann geh hinauf zu Bußemann,« sagte Bob, »und erzähle ihm alles. Und meiner Frau sag Bescheid, und ich ließe sie bitten, zur Waldwiese zu kommen.«

*

Als die Schatten der Bäume länger wurden, war das Waldfest schon im schönsten Gange. Der weise Schuhschnabel sah sehr erstaunt und sehr wohlgefällig in all das lustige Treiben hinein. Er hätte nie gedacht, daß Tiere so vergnügt sein könnten. – Der lustigste von allen aber war der kleine Bob. Und seine Mutter war wieder einmal glückselig.

Da erschien am Rande des Waldes der Schimpanse. Ein paar Pinselschweine quiekten hell auf, denn sie dachten zuerst, es sei ein Neger. Aber die Papageien schrien mit gellender Stimme: »Das ist Bußemann, der Schimpanse, der Freund der Vögel!«

Bob wurde aufmerksam. Und als er Bußemann herankommen sah, ging er ihm freundlich entgegen. Als sie einander gegenüberstanden, legte der Schimpanse seine Hand auf die Brust und sagte: »König Bob, du bist mächtiger als die Neger! Jetzt will ich meine Angst vor den Negern aufgeben und meine Einsamkeit. Jetzt will ich nicht mehr freiwillig in den Tod gehen, sondern will dir dienen, wie immer du willst. Laß mich bei dir bleiben, König Bob!« – Bob streckte den Rüssel aus und berührte leicht die Schulter des Schimpansen: »Von Herzen willkommen hier unten, Bußemann!«

Und er schritt mit dem Schimpansen zu dem weisen Schuhschnabel und sagte: »Ihr müßt Freunde werden! Ihr beiden seid die Klügsten in meinem Reich, und ihr müßt mir helfen, mein Volk weise zu regieren!« Dann mischte sich König Bob unter die Menge, blieb bald hier, bald dort stehen, schaute behaglich dem Treiben zu, plauderte und scherzte. Und wohin er kam, da schlugen die Flammen der Freude heller empor. Und die Augen der Tiere folgten ihm, wenn er weiterschritt, mit Stolz und Dankbarkeit.

Als die Nacht endlich herniedersank, da breitete sie ihre Schleier über ein glückliches Land.

Über tredition

Eigenes Buch veröffentlichen

tredition wurde 2006 in Hamburg gegründet und hat seither mehrere tausend Buchtitel veröffentlicht. Autoren veröffentlichen in wenigen leichten Schritten gedruckte Bücher, e-Books und audio-Books. tredition hat das Ziel, die beste und fairste Veröffentlichungsmöglichkeit für Autoren zu bieten.

tredition wurde mit der Erkenntnis gegründet, dass nur etwa jedes 200. bei Verlagen eingereichte Manuskript veröffentlicht wird. Dabei hat jedes Buch seinen Markt, also seine Leser. tredition sorgt dafür, dass für jedes Buch die Leserschaft auch erreicht wird.

Im einzigartigen Literatur-Netzwerk von tredition bieten zahlreiche Literatur-Partner (das sind Lektoren, Übersetzer, Hörbuchsprecher und Illustratoren) ihre Dienstleistung an, um Manuskripte zu verbessern oder die Vielfalt zu erhöhen. Autoren vereinbaren direkt mit den Literatur-Partnern die Konditionen ihrer Zusammenarbeit und partizipieren gemeinsam am Erfolg des Buches.

Das gesamte Verlagsprogramm von tredition ist bei allen stationären Buchhandlungen und Online-Buchhändlern wie z. B. Amazon erhältlich. e-Books stehen bei den führenden Online-Portalen (z. B. iBookstore von Apple oder Kindle von Amazon) zum Verkauf.

Einfach leicht ein Buch veröffentlichen: **www.tredition.de**

Eigene Buchreihe oder eigenen Verlag gründen

Seit 2009 bietet tredition sein Verlagskonzept auch als sogenanntes "White-Label" an. Das bedeutet, dass andere Unternehmen, Institutionen und Personen risikofrei und unkompliziert selbst zum Herausgeber von Büchern und Buchreihen unter eigener Marke werden können. tredition übernimmt dabei das komplette Herstellungs- und Distributionsrisiko.

Zahlreiche Zeitschriften-, Zeitungs- und Buchverlage, Universitäten, Forschungseinrichtungen u.v.m. nutzen diese Dienstleistung von tredition, um unter eigener Marke ohne Risiko Bücher zu verlegen.

Alle Informationen im Internet: **www.tredition.de/fuer-verlage**

tredition wurde mit mehreren Innovationspreisen ausgezeichnet, u. a. mit dem Webfuture Award und dem Innovationspreis der Buch Digitale.

tredition ist Mitglied im Börsenverein des Deutschen Buchhandels.

Dieses Werk elektronisch lesen

Dieses Werk ist Teil der Gutenberg-DE Edition DVD. Diese enthält das komplette Archiv des Projekt Gutenberg-DE. Die DVD ist im Internet erhältlich auf **http://gutenbergshop.abc.de**

Zeitfracht Medien GmbH
Ferdinand-Jühlke-Straße 7
99095 Erfurt, Deutschland
produktsicherheit@kolibri360.de